越境（ユエジン）

東山彰良

越境　目次

活在這曖昧的時代——代序文

昭和時代與平成時代的界線，是非常清楚明瞭的。

一九八九年一月八日，日本進入平成元年時，我正就讀大學二年級。同年六月四日發生了天安門事件，十一月分隔東西德的柏林圍牆倒塌。在那之後，全世界的投機者同時將資本撤出日本，改為對可望有所成長的德國進行投資，這便導致日本泡沫經濟崩潰，進入了長期不景氣的時代。我從大學畢業，開始在航空公司任職是平成三年（一九九一年）的事，該年十二月，蘇維埃聯邦也解體了。

日本一進入平成時代，此前被視為萬年不變的東西冷戰結構竟就如此輕易地解體了，我們親眼目睹這些變化，預想著新時代即將到來。核武的時代終於要結束了！（可惜現實卻是……）在世界結構發生劇烈變化的同時，我們的精神層面也悄悄地產生了變化。我指的正是平成七年（一九九五年）上市的Windows 95。

這套作業系統的普及，使得我們的全能感急遽膨脹，萬事萬物都變得隨心所欲了。在那之前費時數個禮拜的書信往返被電子郵件所取代，龐大的紙本資料也電子化了，我們在網路上只需瞬息便能查到需要的資訊。煩人的手續、錯過的節目、與戀人的邂逅，只要有一部個人電腦就統統搞定。電腦太大臺不方便攜帶嗎？不用擔心，智慧型手機的時代很快就到來了，我們再也不必擔心路上迷路或忘記錢包，也不用擔心自己會錯過重要資訊而落伍了。

卡爾・馬克思提倡的唯物史觀指出，隨著生產力的發展，生產關係亦會發生變化。他說：「物質生活的生產方式制約著整個社會生活、政治生活和精神生活的過程。」暫且不提馬克思所描繪的共產主義式的未來是否正確，智慧型手機的普及的確大幅改變了我們的生活方式、勞動型態以及消費模式，與此同時，我們的價值觀也暴露在前所未有的多樣性之中。網路上，真正意義上的狹隘以及「必須接受多樣性」這種悖論式的狹隘互相爭執不下，若不小心說錯什麼話，立刻就等著炎上(註1)了。

粗略來說，我個人的「平成觀」是這樣的：堅不可摧的框架受到了相對化，多種多樣的價值觀百花撩亂，對於無法接受的價值觀，人們假意溫柔以對，實則漠不關心——對我而言，平成就是這樣一個曖昧的時代。平成之後的令和時代，也絕無法抵抗

1 炎上，網路流行辭彙，指在網路發表某些言論而遭到大量批評。

這股相對化的潮流；甚至今後，想必會有更多的事物（在昭和時代出生的我們眼中看來）變得更加曖昧。

我當然不想回到以往那僵硬的時代裡。別開玩笑了，那樣做何止毫無意義，甚至可能蘊含恐怖主義的危險性。我自己對於僵硬的價值體系，也是深受其害。「你到底是臺灣人，中國人，還是日本人？」每當被問到這種問題，我便彷彿細胞壁消失了一般，只隔著一層軟呼呼的薄膜與他者進行接觸。這樣的提問究竟有什麼意義？難道你要聽了我的國籍或認同，再來決定是否要包容我？

我們總是被許許多多，對他者而言或許有價值，但對自己卻毫無價值的事物所包圍。當然，反之亦然。對我而言是寶石的事物，對你而言可能只是垃圾。即使如此，擁有自己的寶石仍是相當難能可貴的，只要我們不要揮舞寶石去傷害別人，寶石便會持續為我們煥發美麗的光芒。我覺得最重要的是要看清，究竟什麼是自己的寶石？因為已經沒有任何一種固定的基準，是能滲透到社會的所有角落，無所不包的了。

總之，就多多小心吧，畢竟在龐大的資訊洪流推動之下，我們所抵達的終點不見得不會是荒涼的垃圾場。對我而言的寶石，不見得對你而言也是寶石。我衷心希望收錄在這本書裡的散文，能成為你尋找寶石的線索。不過就算這裡找不到，那也不成問題。

因為你的寶石，肯定在其他的地方。

第一章

香蕉人的悲哀

香蕉人的悲哀

我時常被問到有關認同的問題。做為一個在臺灣出生，卻在日本寫作的人，我覺得這也無可厚非。

似乎有一種人，對他人的認同特別感興趣，但感興趣的方式卻因人而異，光譜相當廣闊，從像是「你是用哪種語言做夢？」或「在家裡吃哪種料理？」這種無傷大雅的好奇心，到「所以你到底覺得自己是哪國人？」這種令人有點難以回答的問題都有。

我在中國留學時，曾接受過大學校內刊物的採訪，面對學生記者的提問，我誠實回答「我不覺得自己屬於特定國家」，沒想到他們寫出來的報導卻令我大吃一驚。那篇文章標題取名為「香蕉人的悲哀」，內容對我國族認同的搖擺表達同情，文章最後作結：「衷心祝願他能早日回到祖國的懷抱。」

話說我其實沒有讀過米歇爾・傅柯的著作，甚至只讀了介紹他思想的入門書就挫折了。這樣的我若還對難懂的傅柯思想高談闊論或許有些狂妄冒昧，但若要就我的理解來談論他思想中的一個極小部分，大概便是：「我們看似自由地決定某些事物，其實這些決定的背後都隱藏著權力結構。」

以我的理解而言，這種「權力結構」包羅萬象，從潛藏於日常生活中的瑣碎事物，到國家層次的巨大結構都有。我們也可以把「權力」換成比較現代的詞語：「空氣」，就是俗稱「閱讀空氣」(註2) 的那個「空氣」。我們明明想這樣做，卻因為別人都要那樣做，我們只好閱讀空氣來跟隨他人。這正是權力結構導致自由意志沉默的案例，其應用範圍相當廣，小至小學生一起上廁所，大至戰爭的爆發，背後都是這個道理。

回到正題，對於認同，我也是以這個脈絡來理解的。「認同」的背後潛藏著國家權力的濃烈黑影，那些對他人的認同提出異議的人們，或許也是為了透過提出異議來守護些什麼東西。那東西可能是「自己的認同」，也可能是「生命」。

2 閱讀空氣，日文為「空気を読む」，指察言觀色、觀察周遭氛圍。

至於我個人，還是覺得能夠接受多元認同的社會住起來比較舒服。不只如此，我甚至覺得我們可以擁有多種認同，並按照當天的心情，像穿衣服那樣自由選擇穿搭。我懂你要說什麼，不用說了——或許有人會說，那樣就不叫認同了，但比起固執於單一認同而去貶低他人，能自由選擇認同不是好一些嗎？想讀空氣的人就讀個飽，不想讀的人就不要讀。就算身屬少數族群，沒道理「不會讀空氣」或「不讀空氣」的人，就得被那些唯唯諾諾服從多數人的人們看不起。

少數族群又怎樣呢？就算被周圍的人看不慣也好，我們不妨好好享受自己那無可捉摸的自我。

萍水相逢

我首次到國外旅遊，去的是韓國。那是一九八八年，正是首爾奧運那一年，我就讀大學二年級。

我從小就時常往返臺灣與日本，有天我突發奇想，想到其他地方去看看。起初考慮到語言相通（由於我出生於臺灣，所以中文還算會講），便想到中國大陸走走，不巧那年中國瘧疾肆虐，我一陣膽怯，只得臨時將目的地改為韓國。

我從居住地福岡搭電車到下關，再搭乘關釜渡輪越過大海。那是我第一次一個人旅行，卻非常欠缺危機意識，連導覽書都沒買。船上認識的旅人驚訝於我的有勇無謀，竟把自己的導覽書撕下來分給我，別的大嬸則是帶我到地下兌幣所去換錢。我就這樣仰賴著他人的親切以及逐漸散掉的導覽書，在盛夏的釜山、慶州、首爾晃了兩個禮拜。

這次經驗點燃了我的旅人之魂。回到日本後我便打工存錢，想到更遠的地方去看看，便選了泰國做為下一個目的地。

孤身旅行，並不像我所期待的那樣令人興奮雀躍。本來我就是個不大喜歡與他人接觸的人，然而在隻身行走的百無聊賴之中，總會遇到一些若無人幫助就動彈不得的情況。我不斷對自己下著暗示：這世界充滿了愛，地球人都是一家人，四海之內皆兄弟，但卻也因此而屢次使自己疲憊不堪。

在馬來西亞遇到那個美國人時，我也是抱著「外出靠旅伴，處世靠人情」、「萍水相逢皆是有緣」的心態，試圖積極與對方融洽來往。我們的確表面上來往得還算融洽，雖然後來事實證明，覺得融洽的只有我而已。幾天後，那畜生竟把我的錢全給偷走了。

不過天無絕人之路。我遭竊的地點是在飯店，我向飯店經營者說明事情經過後，他便懂了我的難處，不僅讓我免費住宿，還招待我吃員工餐點，飯店員工每天晚上都帶我出去遊玩。我從沒有如此切身地感受過人情的溫暖，他們的存在對我而言真的是非常大的慰藉。誰知我出發離去的當天早上，那間飯店竟就失了火，燒了個精光。

即使到了現在，若問我有沒有什麼想做的事，我還是會回答「旅行」。但，真的是這樣嗎？我真的還想要出門旅行嗎？或者其實我只是想藉著對逍遙天地的浪漫憧憬，來試圖忍受眼前的人生？我想，大概是這樣的。不過就算如此，也無所謂吧。反正就算真的出門旅行了，大概反而會一邊忍耐著餐風露宿的生活，一邊歸心似箭吧。

人生活得久了，偶爾便會想要假裝一下，假裝這世界還是很棒的，假裝人生的下一個階段一定會發生很多好事。畢竟誰也說不準不會有那些好事，誰知道呢？所以，只要仍心存對旅行的憧憬，我就還是幸福的。

石柱

當人開始感嘆「還是以前的時代比較好」，就是老化的證據，然我也不覺得這種感慨毫無道理。特別是每當我讀到吉田兼好《徒然草》的「不論何事，往昔皆令人懷念，當代竟落得如此粗俗不堪」這一節時便可體察，看來以前真的是很棒啊。

我們之所以會懷念以往，是因為我們將自己最有活力的時代，拿來和今天這個悲哀的自己互相比較的原因吧。不只如此，我們以往培養出來的價值觀在新時代幾乎派不上用場，甚至還令人覺得迂腐陳舊。新時代總是迅奔雷馳，毫無耐性，一切事物都是短暫流行而毫無風情。那些驅使著新技術、謳歌著新時代的年輕人，看在老人眼裡簡直就像是外星人。所以老人們也只能搖搖頭，低聲抱怨：真搞不懂最近的年輕人。

任何時代都一樣，老人之所以無法理解年輕人的想法，是因為支撐著年輕人的自我認同不斷刷新，到了前所未聞的境界。曾經的富國強兵政策被經濟成長所取代，經濟成長隨即又遭受偏左派的社會改革價值觀反擊。社會改革的美夢潰碎後，旋即颳起了追求剎那式享樂主義的風潮。

在我的想法中，所謂認同就像是把石頭一顆一顆疊起來堆成的石柱。石柱最下層的基礎是「我是父母的孩子」這樣的自我認知，人們就在這樣的基礎上堆疊石塊。若基礎不穩固，疊出來的石柱也就不安穩。我們會依自己的生活環境、先天或後天的性格傾向，以及嗜好或哲學來堆疊石塊，如此堆出的石柱所支撐的，便是我們的自我。所以石柱堆得愈粗愈好，數量愈多自我就愈穩定。

現代人所堆出的石柱，不論素材或方法都遠遠凌駕從前的建築基準。從前，石柱的堆疊方式是受到國家與社會的限制的。當周圍紛紛疊起「無欲無求直至戰勝」（註3）的石柱時，要對那樣的石柱提出異議是極為困難的。但現在，堆疊石柱的方式已是千差萬別，對某人而言必要的石柱，對其他人而言不見得必要。可能也有人不願造出太粗的柱子，而是堆出許多根細柱，藉以支撐自我。

3　第二次世界大戰時日本鼓舞民心的標語。

究竟誰有資格，去批判或攻擊他人的柱子呢?或許你覺得你的柱子是常識，但別人不見得這麼認為。會保護你的柱子，不見得一樣會保護別人。

誰都沒有資格對他人柱子的型態說三道四，不管對方再怎麼少數也一樣。

老夫子

二〇一六年六月，拙著在臺灣翻譯出版了。沒錯，就是那本以臺灣為舞臺的青春小說（註4）。因為宣傳需要，我短暫地回了一趟臺灣。

在臺灣時有許多採訪與會談，使我從早忙到晚，到了晚上才比較有時間，我便一個人漫步於臺北街道。我造訪每次回臺灣時幾乎都會前往的西門町唱片行採買CD，並到處吃小吃，當然也逛了幾家書店。話說在前頭，我可不是去偷偷勘查自己的書賣得怎麼樣的，這種自殘行為我早就不幹了。我逛書店是為了尋找現在正熱烈連載中的小說所需的資料，這部作品以一九八四年的臺北為舞臺，因此我才想找找有沒有保存

4　書名為《流》。

著當年餘韻的照片集或文獻資料。

我隨意逛進了誠品書店，那是一家在臺灣家喻戶曉的時髦書店，除了賣書外也賣各種頗為奇巧的雜貨，或是外觀時尚的文具、看起來很環保的衣服等等。就在我一邊小心不要靠近自己的書擺設的區域，一邊找著想要的書時，我發現了那具模型。

我感到一陣像是全身被雷打到般的劇烈衝擊。那具身高約二十公分的模型，正是漫畫《老夫子》的主角，老夫子本人。拿起模型的瞬間，我感覺自己的心彷彿飛回了一九八〇年代。

當時我還是個國中生，極為迷戀《老夫子》這套幽默的四格漫畫。雖然書店也買得到，但我總是在臺式書攤——講白了就只是把書鋪在地上賣的路邊攤——購買。由於《老夫子》是不定期出刊，每當我在街上閒晃時發現有新刊，總是二話不說掏錢買下。那時代跟現在不同，網路根本還沒誕生，因此與書本的邂逅可說是彌足珍貴，若沒能當場買下，很可能就再也見不到那本書了。

身材高瘦的老夫子、身形矮胖的大番薯，以及兩人的好友，三人之間最像普通人類的秦先生。讀到長篇漫畫《水虎傳》中三人的活躍表現時，我往往捧腹大笑，差點笑死。那本漫畫我重複看了好多次，把漫畫翻得破破爛爛，我也因此有好長一段時間真的以為《水滸傳》就是《水虎傳》。

煩惱許久，我最終還是把老夫子的模型放回了展示櫃。

我已經記不得，我是何時在美國漫畫家瑟吉奧・阿拉貢斯（Sergio Aragonés）的作品裡，發現與《老夫子》完全相同的梗了。當時便已旅美，現在也仍居於美國的表哥從美國帶漫畫書回來給我，我因此在書中發現我曾百讀不厭以至於爛熟於心的笑點，而且還不只一個。直到現在，每當想起那個《老夫子》的魅力忽然褪色的瞬間，我仍會感到些微哀傷。說不定其實是瑟吉奧抄襲《老夫子》的，但不知為何，當時的我並不這麼想。爭議還不止這個。中國大陸那邊也有人指控，說《老夫子》其實本來是中國漫畫家朋弟的作品。

孰真孰假我也不清楚，說不定事情的真假，對小孩子而言其實一點也不重要。我現在依舊非常喜歡《老夫子》。即使如此，我依舊沒有買下那個模型。

事情就只是這樣而已。

令人懷念的舊書店

日文裡把圖書館員又稱作「司書」。若查詢《廣辭苑》，便可找到「在圖書館從事專業職務的職員」這個解釋。然而這只是「司書」的第二項定義，第一項定義即是顧名思義：「司掌書籍的職位」。

不論圖書館或書店，在連結書本與讀者的這層意義上，其社會使命並沒有太大差異。那為什麼書店店員就是書店店員，而不會被稱呼為「司掌書籍者」呢？原因之一或許是，所謂司書指的是具備圖書館法所規定一定資格的人士，而要成為書店店員並不需要什麼特別的資格，也就是說只要想當，任何人都能成為書店店員。另一個原因大概是因為，圖書館與讀者之間並沒有金錢的授受關係，但書店的營運卻是以營利為目的。或許正因如此，各地的圖書館看起來都大同小異，但書店卻各有特色，有各式各樣的人抱持著各式各樣的想法與哲學在賣書。或許當中也有店員，是根本對書本沒有興趣的。

書店有趣的地方就在這裡。世上存在著許多具有特色的書店：要買歐美書就到這間店，要找畫冊就到那間店，要找劇本的話就某間店最合適。就算不特別提這種專門書籍，書店店員裡也有那種對特定領域極為專精的人。當然，圖書館也存在著一種會讓人感覺到時間悠緩流動的夢幻氛圍，但書店的趣味卻更加幽深、寬闊而露骨。在你用盡全力好不容易拉開那裝設情況不甚良好的玻璃門後，一個彷彿時間已停止流動的空間就出現在眼前——像這樣的書店，在我小時候到處都是。

我所說的，正是從前那些默默棲息於街頭一角的，令人懷念的舊書店。各式各樣的舊書也絲毫不分門別類，就這樣雜亂地堆成一疊一疊，單憑自己的力量絕對找不到自己想要的書。店主則是坐在櫃檯後方，幾乎埋沒在書堆裡頭，一副就算書本被偷也毫不在意的樣子。偏偏你若問他找書，他總能變魔術般地不知道從哪裡把你要的書抽出來。至於定價有規定跟沒有一樣，一切全憑店主心情。店裡總充斥著一股霉味，風一吹玻璃門便發出嘎嘎聲響，不管天氣怎麼晴朗，陽光也總照不進店內，說不定店裡還會有隻態度惡劣的貓。對我而言在那樣的舊書店找書，就彷彿在數量龐大的死亡之中試圖救出仍一息尚存的事物，是種英雄般的行為。

二十多年前，我曾在某間店找到過稻垣足穗的初版書籍，那本美麗的書以塑膠套包裹起來，靜靜地插在書櫃的最上面一層。我也沒想太多，便隨意要求店內的大叔讓我翻看書的內容，結果那大叔反應極為冷淡：「看了封面還不了解書本價值的人，讓他看裡面也沒啥屁用。」我雖不爽，卻仍常去逛那間書店，佐藤晴夫翻譯的《索多瑪一百二十天》、正岡子規全集、佛洛伊德、尼采等書現在都還留在手邊。那大叔自稱是詩人，每當我翻看什麼詩集時，他總會語氣粗魯地向我推薦其他詩集。有段時間我沒去逛，隔了一段時間又去造訪時，那間店已經沒了。聽人說是詩人大叔過馬路時，給車撞死了。

究竟要前往何方，我才能再次邂逅那與泛黃書本渾然融為一體的泛黃歲月呢？當時，光是我常去的舊書店就有好幾家，那些書店在漫長的歲月中，逐漸在記憶裡相互混雜、融合為一，所以或許也可以說，那種書店根本未曾存在過。即使如此，在那家雜亂無章的小書店裡，那位詩人大叔的確司掌著為數龐大的舊書。雖然他司掌的方式頗為奇特，但他真的，的的確確在那裡。

偶然之神會投下鳥屎

我在舊書店偶然發現保羅·奧斯特的《紅色筆記本》，便買來讀了讀。這不是一本虛構故事，而是奧斯特將一些發生在他自己身上的事，或是他所聽聞過的一些不可思議的事件，漫無邊際寫成的一本散文集。

書中有這樣一個故事：長年開車的奧斯特，在他人生中曾遭遇過四次爆胎。令人訝異的不是四這個數字，而是一個不可思議的偶然：每次爆胎時，他都是和同一個人坐在車中。

奧斯特和J是大學時代的朋友，也就是說這位J也是哥倫比亞大學畢業的高材生。第一次爆胎發生在他們還是大學生時，兩人一起到加拿大魁北克旅行的途中。由於他們有準備備胎，因此第一次爆胎倒是沒什麼問題，然而一個小時後，兩人便遭遇了第二次爆胎。四、五年過後，奧斯特居住在法國，J前來拜訪他，兩人在深夜的鄉下小路上又遇到爆胎。奧斯特寫道：「我認為這不過是偶然，便把這件事拋到九霄雲外」，然而四年後，在奧斯特婚姻瀕臨破碎時，J又再次出現了。這次的地點是紐約，兩人準備出門購買晚餐食材，才剛上車，輪胎又爆胎了！兩人只得相視而笑。奧斯特回憶道：「說起來，那或許是種無可捉摸的詛咒象徵。」這篇短文最後的結尾是這樣的：「即使到了現在，我仍無意將那四次爆胎經驗視為毫無意義。事實上，J和我已經斷了聯絡，十年以上都沒說過話了。」

人往往會從偶然之中發現神意。安那托爾・佛朗士也曾經說過：「人生在世，就不得不考慮到偶然的發生。偶然說到底，就是神。」

於是我便想起來了，我也曾有過屢次遭逢不幸的經驗。

第一次，是和馬來西亞來的朋友一起在室見川畔散步之時。當時正值寒冬，我穿著深藍色的羽絨外套，兩人走在冬季乾枯的河灘上時，那東西就這樣啪嚓一聲掉到我的手臂上，我們笑得東倒西歪。第二次是數年之後，那時我呆立在自家旁邊，突然有個東西掉到我肩膀上，定睛一看，肩膀上已經髒掉了。我不由得吃了一驚。第三次是我要到大學教書的路上，這次我真的生氣了。而第四次，是我和兒子散步時的事，那時我開始認真煩惱，說不定這世界真的試圖要傳遞給我些什麼訊息？

朋友啊，我現在在談的呢，正是鳥屎哪。

直到如今，在無眠的夜裡，我仍會思考著，一個人的人生遭到四次鳥屎襲擊，這真的有可能嗎？還是說，其實一點也不稀罕？今後我還會繼續遭遇鳥屎襲擊嗎？不管神明想對我傳達的訊息是什麼，我從這些過往的一連串偶然之中所能引導出的唯一真理，就只是「鳥屎很髒」而已。真是不爽到了極點。

不過，且慢。或許這正是神明想要傳達的訊息也說不定。因為啊，如果我人生中的不幸就只是遭受鳥屎攻擊這種程度而已，那其實是相當幸運的不是嗎？

第一章

我們都是被外婆打大的

我的相機

在我小時，曾有過一件讓我非常開心的事。那是小學五年級的某天，當我從學校回到家時，便有個美好的禮物在等待著我。我簡直不敢相信自己拿到了什麼，歡天喜地地大叫起來，在房間裡跳來跳去。然而後來我卻完全忘了那件事，直到前些日子才想起來。那個美好祝福就彷彿未曾造訪過我的人生一般，在我的記憶底層沉睡了將近四十年。

話說，我平常都在家中自己那雜亂不堪的房間裡工作。當然我也想像當今流行的暢銷作家一樣，有一個專門用來工作的房間，不過沒有倒也無所謂。史蒂芬・金的出道作《魔女嘉莉》便是在狹窄的露營車裡寫成的。他在家人都睡著之後，把打字機放在洗衣機上寫下了這部作品。查理・布考斯基流浪美國時，一天只吃一條巧克力，也這樣寫過來了。只要有心寫作，哪裡都可以寫，反正在寫作時我總能輕易忘卻現實。

不過那些與日俱增的書本與CD，卻是想忘也忘不掉。當我伸手想換首歌時，CD山便猛然崩塌，拉拉椅子，疊得高高的書堆便搖搖欲墜。每次遇到這種情況，手邊的故事都必須被迫暫停，我只能咂咂嘴，被拉回現實。我很討厭整理房間，但討厭還是得做。就在我滿腹不悅地著手整理房間時，那篇題為〈我的相機〉的作文，便無意間被我挖掘了出來。

「我們班上，現在非常流行『藍色列車（註5）』。」

是了，小學五年級時，我們都迷上了藍色列車。班上同學擁有的各種列車照片總是使我羨慕不已，讓我也想要擁有專屬於自己的照片。但是，我沒有相機。

於是有天，我便下定決心要媽媽買給我。作文裡潦草的字跡寫著「我和媽媽坐在暖桌裡說話」，可見那時是冬天。面對我的請求，媽媽沒說什麼，讓我非常失望，但內心倒也能理解。畢竟我也沒做任何努力來讓媽媽喜歡我，當然也就得不到想要的事

5　日本於一九五八年開始營運的臥鋪列車。

物。

幾天後，我從學校回到家中，便發現書桌上放著一個大紙袋。我心臟猛地一陣抽動。戰戰兢兢地把內容物從紙袋中掏出後，我便彷彿得到了全世界一般，興奮地渾身顫抖。那時的我就好比辛巴達，只要我願意，我甚至能搭乘魔毯飛上天空。

「我好高興，就問媽媽『這臺相機是我的嗎？』，媽媽點了點頭。」

於是我便使用那臺相機，拍了好多藍色列車的照片。那時還不是數位相機的時代，把照片洗出來是要花錢的，所以當我望進取景窗時，我那小小的腦袋總是瘋狂地計算得失，然後才謹慎地按下快門。我也曾拍過熊貓，拍朋友妹妹的那張照片還得到了個什麼獎。那臺小小的三十五釐米相機，對我而言便是至高無上的寶物。然而曾經對我而言那麼重要的相機，不知何時我卻失去了興趣，從此便失去蹤影了。

總之，我想要講的是：為人父母總是會為孩子想這想那，但有時出於一片好意所做的付出，卻不見得能得到相應的效果。不過倒也不必因此傷心，畢竟那顆埋下的種子，有可能到四十年後還會發芽。

我們都是被外婆打大的

我爸媽在學生時代結婚之後便前往了日本，因此我在五歲之前，是寄居在外公外婆家中的。當時外公家位於小南門，那是所謂的「眷村」地帶。所謂眷村，就是在中國大陸的國共內戰中輸給毛澤東所率領的共產黨之後，奔逃來臺的國民黨員所居住的地方。

現在小南門高樓大廈群聚，幾乎已看不見當年的蹤跡，但當我還居住在那裡的時候，那裡曾有著平房鱗次櫛比密集的景象。外公的家也是一間頗大的平房，小小的庭院裡種著香氛的丹桂樹。庭院四周的圍牆上方插滿了玻璃碎片，藉以防止小偷入侵。

我們是一個大家庭，家長是外公，家中住著外曾祖母、舅父一家、未婚而年輕的阿姨、外叔公以及外叔公兒子一家，每天都極為熱鬧。家裡也有很多小孩，我和妹妹以及表妹們總在家裡四處亂蹦亂跳。

外婆是個秉性暴躁的女性，孫子孫女們要是不聽話，抓起來就是用木棍一頓痛打。小孩子這種生物往往只記得自己吃虧，才不會管其他小孩怎麼了，因此我和表妹們都抱持著只有自己被打得最凶的印象。但當然，才沒有那回事，外婆總是平等地對我們揮下憤怒的鞭箠。有次我也不知道是哪裡觸了外婆逆鱗，讓外婆拿著棍子在家裡追著我到處跑。外婆對自己的情緒相當誠實，有次當我養的小鳥死去時，她倒毫不客氣地說，她最討厭小鳥了，死了最好。

近來我在日本電視節目裡學到了「累孫」這個日語新詞，這是指雙薪家庭的父母將小孩託給祖父母養，導致這些祖父母們為照顧兒孫而筋疲力竭，原以為可以好好地安享天年，誰知卻被這些不聽話的死小孩們把生活搞得一塌糊塗。有位祖母在面對採訪時表示：「我因為不想被孫子討厭，所以也不敢罵太凶。」看到這個採訪，我便想起了我的外婆。

或許我的外婆也是「累孫」了，但她可不是那種會奉承兒孫輩的女性。我們這些小孩子都是被外婆打大的，但沒有人對此心存怨恨。我並不是在鼓勵要揍小孩，畢竟當時的臺灣和現在的日本，許多情況都已不同。然而儘管我們被鞭笞棒打，我們卻未曾懷疑過大人們的親情。事實上，大人們對我們都是情感深厚的。

五歲那年我被帶到了日本，外婆也到機場來送行了。我在機場看到賣果汁的自動販賣機覺得非常新奇，不斷向父母討零錢，買了好幾杯紙杯裝的果汁。果汁當然美味，但更令我興奮的是果汁竟然從機器裡跑出來。由於我討錢討得太凶，父母出聲斥責，這時外婆卻掏出她的蛙嘴式零錢包，拿出零錢塞到我的小手中，說：「想買多少就買吧。」外婆說著說著便嚎啕大哭了起來。親情這東西不是要表現給小孩看的，而是自然而然流露出來的。

聖誕禮物

講到聖誕節，當然不得不提聖誕禮物。大人要準確地看出小孩子想要的是什麼，然後在平安夜偷偷地放到小孩枕邊，這對平時總忙於工作而疏於照顧家庭的父親而言，可是收復失土、挽回名譽的大好機會。

話雖如此，若直接問小孩子想要什麼也未免太煞風景，畢竟若平常就有在觀察小孩，自然便該知道小孩想要什麼，如果還要特地詢問，反而就證實了平常沒在關心小孩。做為大人，應該聰明而小心翼翼地進行試探，留意不要毀了孩子的美夢。

過去我曾在週刊雜誌讀過，可以讓小孩對著星空許願，這方法倒是頗為巧妙。只要對小孩說些類似「只要大聲對著星星許願，聖誕老人一定能聽見」的臺詞，就可以在不否定聖誕老人的前提下，順利問出小孩子真正想要的東西。

我是在臺灣出生，五歲來到日本的，還在臺灣時根本沒聽過什麼聖誕老人，這種文化當時還沒有傳到臺灣。我轉學進到日本的小學後，聽到班上同學口口聲聲談論著聖誕禮物，這才知曉有聖誕老人這東西的存在。

那天我一放學回家，便向母親一迭連聲地談起了這件事。「聽說有個穿著紅衣服的胖大叔，會在乖小孩的枕頭旁邊放禮物喔！」我也沒去多想為什麼那個大叔要幹這種莫名其妙的傻事，腦中只想著：我是個乖小孩，所以我一定會收到禮物，沒理由不收到。那時我的大腦已經被超合金玩具所占據。

直到長大後，我才明白當時母親的狼狽心情。對我母親而言，什麼聖誕老人大概根本是丈二金剛摸不著頭腦，若要打個比方，大概就像我看待我家兒子們迷上手遊的心情吧。遊戲能免費下載？別開玩笑了，世上哪有白吃的午餐！當時我母親肯定也心想，不管自己兒子再怎麼乖，哪有接受陌生人禮物的道理。但母親大概也不想打破年幼兒子的美夢，何況身為臺灣人的我，當時正處於能否融入日本社會的緊要關頭。

聖誕節當天早上，我的枕邊的確放著一份禮物，但那卻不是我夢寐以求的超合金玩具。差了十萬八千里。我一拿起禮物，心裡的失望情緒便無可救藥地急速膨脹。我顫抖著雙手拆開包裝紙，裡面包著的是，一雙筷子。

直到現在我仍滿心疑惑，我的母親真的覺得小孩收到一雙筷子會開心嗎？幸好我成為作家了，因為至少這樣，我就可以把所有的失望——就像聖誕禮物收到筷子的那種失望——全都轉化為我寫作的題材。

月兒笑笑

我想，或許我還是頗為迷信的。

雖然我沒什麼特別的宗教信仰，但我寫小說的書桌前方，就掛著祖先的遺照，只要我在電腦前面抬起頭來，就可以看到外公、外婆與外曾祖母的臉。每天早上我做的第一件事，就是更換用來供奉祖先的清水，然後雙手合十祈禱。每天早上我都祈禱家人平安幸福，若剛好有人出門在外，我也會祈禱他們旅途平安。

光是這樣或許還無法稱為迷信，不過若有人告訴我什麼事情不能做，我也會盡量小心不去做。我晚上絕對不吹口哨，看見靈車時也會慌張地把大拇指藏起來。當我身體不適而原因不明時，我會準備好充足的滾茶，裝入碗裡供在玄關與陽臺，這是為了讓來自另一個世界的訪客能喝喝茶休息一會，潤潤喉讓心情好起來。我家把這種儀式稱作「御茶湯」。

我倒也不是生來就這麼迷信，是從高一的夏天才開始變得迷信了。為什麼我能記得這麼清楚，這是因為那年夏天發生了一件小事件。

在臺灣出生、日本長大的我，學生時代每年暑假都會回臺灣度過。臺灣有個迷信直到現在都還頗為人所知，那就是只要用手去指月亮，耳朵就會受傷。那年是一九八四年，儘管表姊們一再告誡，我卻壓根兒不信，還不斷用手去指月亮，簡直是在嘲笑：「有本事你就來啊誰怕誰！」

那年夏天，剛好有個住在同個地區的兒時玩伴也從美國回到臺灣，我們便把握機會，在一個悶熱的夜晚邀了另一個兒時玩伴，一起前往「啤酒屋」。

事件就是在那裡發生的。當起身去廁所的我回到座位時，坐在旁邊的一個醉眼朦朧的男子突然來找我的碴。聽他說，他似乎是不爽我在排隊等廁所時不留意地吹了口哨，那時他正在小便，便堅稱我吹口哨的用意和大人哄小孩尿尿時吹的口哨是一樣的，於是便找上了我的碴。起初我還裝作沒聽見，後來他實在太糾纏不休，我便回聲罵了一句，結果那個醉漢竟就把手裡的啤酒杯往我臉上砸了過來！

雖然我在千鈞一髮之際試圖閃躲，但畢竟距離很近，啤酒杯仍直接打中我的左耳，砸個粉碎。我滿臉鮮血地緊急送醫，耳朵縫了將近四十針。且我明明未成年還跑去喝酒，導致手術途中麻醉藥效減退，痛得我死去活來。

各位讀者大概也猜到了，從那之後我便再也不敢用手指指月亮，對其他迷信也是寧可信其有了。教訓還不只如此，我還透過親身經驗學到了若在晚上吹口哨，便可能會招來小偷，或是比小偷更不如的敗類。如此就算我變得稍微迷信些，那也是沒辦法的事。

不怕那些傢伙的人

那大概是我小學高年級時的事，當時我暑假照慣例都會在臺灣度過。外公家位於臺北，是一幢頗大的獨棟房屋，舅父一家、結婚前的阿姨以及外曾祖母等人在那裡齊聚一堂，一同生活。

有天晚上，我在二樓的外婆房裡睡覺。外婆平時一個人獨自使用一張大床，而我與妹妹其中一個人和外婆一同睡在床上時，另一個人就得鋪涼蓆睡在地上。

那天晚上，我和外婆一同睡在床上。我們關了燈，在黑暗的房間裡閉上眼睛後，我便感到有個毛線般的東西緩緩掉到了我的臉上。我本想著，反正只要翻個身大概就會掉落，因此也沒太在意；但無論我怎麼翻身，那東西依舊貼在我的臉上，絲毫沒有要掉落的跡象。不只如此，那東西竟還在我臉上蠕動般地爬來爬去！

我感到背脊一陣發涼，立刻大叫著跳了起來。外婆是個性情急躁的女性，見外孫突然大吼大叫，便立刻出聲大罵。儘管如此我依舊一邊嚷著「蟑螂！有蟑螂！」，一邊摸索著開燈。但蟑螂大概是被我嚇到了，開燈之後已不知躲到哪裡去了。我咬牙切齒、懊悔不堪，發誓絕對要讓那傢伙不得好死。敵人應該還沒走遠，因此不論外婆如何吆喝著要我關燈，我仍頑固不聽，手裡握著殺蟲劑，等待著那些傢伙再次現身。

當時我渾身殺氣騰騰，我想如果我是蟑螂，肯定不敢再次在我眼前現身的。但蟑螂畢竟只是昆蟲，過沒多久就從床下又恬不知恥地鑽了出來。我當然沒放過這千載難逢的好機會，口中一聲大喝（也因此又讓外婆臭罵了一頓），便讓那傢伙吃足了一頓死亡噴霧。

我略緩下了心，但不久卻又再次擔心起來。我的確把一隻蟑螂送入了地府，但那蟑螂大概也有父母兄弟，若是他們不知躲在何處，看到了我的所作所為，難保不會前來報復。我如此心想，導致整夜忐忑不得闔眼。不只如此，厭惡感與恐懼感使我疑神疑鬼，接下來好幾天我都沒睡好。有段時間我總胡思亂想著，只要我一閉上眼睛，那些傢伙就會用牠們那長著尖刺的噁心腿腳，在我臉上胡亂搔撓。在我的印象中，我的蟑螂恐懼症就是那時在心裡扎了根的。

只要仍活在世上，我就擺脫不了對蟑螂的恐懼，那些傢伙總是趁我沒有防備時突然出現。不過前陣子我倒有了個新發現。我平時除了寫小說外，也在大學教中文，而有天在教室裡——沒錯，那些傢伙又現身了。我平常上課時可是相當態度嚴肅、威風凜凜的，不論是聊天講話的、玩手機的、不聽話的學生，我一律嚴厲以待。這樣的我那天卻像個小女孩般倉皇失措地尖叫起來，被區區一隻蟑螂玩弄於股掌之間，實在是相當窩囊。

說時遲那時快，一件讓我瞠目結舌的事發生了——一個平時不怎麼起眼的女學生毫無顧忌地走上前來，電光石火的一擊，便把那可恨的蟑螂給送到了冥界。

於是我便發現，對於不怕那些傢伙的女性，我似乎總無法不抱持好感。

夢幻的全明星賽

談到夏天，當然不能缺少棒球、沖涼，以及GariGari君（註6）。GariGari君不用說，當然是指那款裡面包著碎冰的美味冰棒。這冰棒有許多口味，我最近常買的是外面是巧克力、裡面是草莓口味的冰棒。

炎炎夏季少不了沖涼。我工作的房間當然有冷氣，但我卻不常開，倒也不是因為我討厭冷氣，而是不想把身體慣壞了。身體這東西一偷懶起來可是沒完沒了，一個不小心肚子就開始凸出、下巴下垂，轉眼間就變成一副不堪入目的容貌。所以我今天也在悶熱的房間裡裸著上半身，一邊擦著額頭的汗一邊寫稿。若真忍受不了炎熱，就拿昨夜泡澡剩下的水來沖一陣涼，如此便身心舒暢、涼爽愉快。

我就這樣一邊沖涼一邊工作，直到傍晚，然後就能悠哉地喝酒看電視，夏天一般都看棒球轉播頻道。其實我們家真正迷上棒球的倒也不是我，而是就讀高中的次男，

6　日本的經典冰棒品牌名。

他總是每天放學回家就一屁股坐到電視機前，興高采烈地唱起各個選手的加油歌曲。他最自豪的事，就是十二個球團幾乎所有選手的加油歌曲，他都會唱。

去年（二〇一六年）七月十五日，福岡巨蛋舉辦了日本職棒全明星賽。從比賽數週前開始，家中次男就一副坐立難安的樣子。這也不難理解，我自己也有過類似經驗。全明星賽不論哪個時代，都是棒球少年的夢想，我小時候也想看得不得了。可惜我直到這個歲數都還沒能親自觀戰，不過有一回倒是在平和臺棒球場見識到了夢幻一般的光景。

那次賽程，是由美國職棒大聯盟的辛辛那提紅人，對上日本的皇冠打火機獅與讀賣巨人聯軍。網路上查到的日期，是一九七八年十一月十八日。那天我看到了彼得・羅斯，看到了王貞治，也聲援了憧憬已久的皇冠打火機獅隊。

既然如此，我就來圓圓兒子的美夢吧！我四處拜託親朋好友，好不容易弄到了全明星賽的門票，且還是那個偶爾會有界外球飛過來砸到人的，朝球場凸出的昂貴座位。我的錢包為此縮水不少，不過這是有價值的。看著雙眼煥發光芒、拚命為選手加油的兒子的身影，我便覺得那一點錢算不了什麼。

「聽說鷹隊的柳田前陣子結婚了喔。」兒子看到選手本人，不由得興奮地大叫起來。「不過因為太常跑去中洲（註7）玩了，在球團裡常挨罵喔。」

我也不知道兒子從哪裡聽來的消息，不過既然連這麼喜歡棒球的兒子都這麼說了，那大概也不見得是空穴來風。愛玩歸愛玩，看來柳田悠岐選手還是得多小心一點比較好。不過話說回來，就像這樣，這場夢幻球宴也為我們親子之間創造了不少話題。

心頭滅卻火亦涼？

不知道近年酷暑的傾向，是否全國皆然？

我所居住的福岡縣，居民們的確宛如身處地獄一般成天呻吟喊熱，但一看天氣預報，意外地有些都道府縣倒還在享受著涼爽的夏日。我一時之間還難以置信，不過事實是，日本真的比我們所想的還要寬廣。

7　位於福岡市博多區的鬧區，有許多聲色場所。

平常我會把家裡窗戶全部打開，單憑電風扇來度過炎熱夏日的夜晚，但天氣既如此炎熱，不開冷氣實在睡不著覺。不過話雖如此，如果全部房間都開冷氣的話，那也太不經濟。我家的格局，妻子和兒子的寢室緊鄰客廳，所以我讓他們睡覺時不要關房門，把客廳冷氣打開，而我自己則是在客廳地板鋪棉被睡覺，這樣只要開一臺冷氣，就能全家享受。

我平常會在晚上十一點左右開冷氣，計時五小時自動關機，這樣就可以一覺酣睡至凌晨四點左右。之後大家便會開始冒汗，咒罵著醒來，這就是我家夏天的日常風景。

前些日子有一天，兒子代替我設定冷氣自動關機時間，我問他是否正確設為五個小時，他向我拍胸脯保證絕對沒問題。我便放心在客廳躺下，開始享受睡眠直到冷氣關機。

凌晨四點左右冷氣關機，我如往常一般抱著枕頭回到了自己房間。那陣子外面空氣頗為涼爽，只要打開電扇就能舒服地睡個回籠覺，那天情況也是一樣。早晨我慢吞吞地起床，一邊咒罵著炎熱的天氣，同時讚許著凌晨四點左右的涼爽空氣。這時妻子告訴了我一件驚人的消息：兒子設定的關機時間不是五個小時，而是零點五個小時！也就是說，我回到自己房間時才只是半夜零點左右而已，而我誤以為是凌晨四點，朦朧之中心裡還想著「果然這個時間就是涼快」，然後放心地睡了個回籠覺。

難道說真是，心頭滅卻火亦涼？

照我說，如果有人會覺得火很涼的話，那大概是他搞錯了些什麼。不過我們還真是不能看輕這些「搞錯」或「誤會」。我有時甚至會覺得，或許這個世界就是靠著某些人的「搞錯」在運作的。

貓的契約

那正好是一年前的事。撿到這孩子是在去年六月，一個不注意這孩子竟已長大不少。去年撿到時連眼睛都還睜不開，我還擔心會不會就這樣虛弱死亡，不過現在倒是長得健康活潑。

雖然這孩子養成了一副冷淡的性格，但還是可愛極了。真要說起來我大概算是狗派，但當我抱住牠時牠那靜靜忍耐的樣子，仍讓我深深著迷。

在臺灣出生的我，是在五歲那年移居日本的。當時還是學生的父母，把我和妹妹從外公外婆家接到了他們居住的廣島。我們在廣島的家是一幢古老的木造建築，隔壁是韓國人，對面則住著印度人。我家沒有電話，這在當時並不是多稀罕的事，若要打電話，就得到附近的公共電話亭。雖然沒有電話，但倒有一隻勤勞的貓。

貓的名字叫小龍，是隻尾巴像丸子般短的虎斑貓。我家常會有老鼠頻繁出沒，這在當時也不是多稀罕的事。晚上睡覺時，天花板上方就會傳來牠們到處跑動的腳步聲。小龍是天生的老鼠殺手，殺戮一般在半夜悄悄進行，好多次我們早上醒來，便看到老鼠屍體而嚇一大跳。牠有時還會抓蛇或鴿子回來。

妻子看了ＮＨＫ驗證節目後告訴我，在太古時代，人貓關係和人狗關係是完全不同的。人和狗是主從關係，和貓卻近似於契約關係。人類為了整治偷吃穀物的老鼠，而把貓放進倉庫裡，老鼠平常不太會在人的面前現身，因此貓必須自主進行搜索，按自己的意志來討伐敵人。關於整治老鼠這件事，貓是沒空聽從人類命令的，貓為了要發揮全力，便必須確保野性與自主性。所以貓與狗相比，總是比較獨立自主、恣意任性，管你人類再怎麼叫喚，總是慵懶地無視你。這樣說來，小龍的確也是隻不太理人的貓。

不過，貓的這種生存方式近年倒是發生了一些變化，因為老鼠不夠了。沒老鼠抓的貓，就像合約期滿的派遣員工般注定被解聘了事。但長久以來已習慣被人類豢養的貓族，如今也回不去野生狀態了。於是貓族便決心奮起，開始以可愛做為賣點。根據那個節目所說，近年不會無視人類叫喚的貓，似乎正在增加。看來這也是貓族的處世之道。

我覺得這與人類頗像，比如近年來偶像造型已產生極大的變化。過去的男性偶像除了外表好看之外，強而有力的男子漢氣概也是賣點。但隨著時代漸趨軟弱，人們所追求的偶像形象也發生了變化，現在的偶像所需要的特質，最重要的大概就是「可愛」。不管朝東或向西，都是「可愛」至上，日本的「可愛」文化勢如破竹，幾乎要吞噬海外。如果石原裕次郎活在現代，大概也別想要大牌地坐在那邊喝白蘭地了，說不定得穿上短褲和溜冰鞋，在那邊咕嚕咕嚕地轉著圈呢。

第三章

我不酷炫，你也不酷炫

我不酷炫，你也不酷炫

我今年（二〇一七年）滿四十九歲，回首來時路，覺得自己似乎花了人生的大半輩子在思考要如何才會受女生歡迎。倒也不是故作理直氣壯，但我既不覺得慚愧，也不覺得過往是白費的。我不知道女生是怎麼想的，但身為男生，「想受女生歡迎」這種欲求可說就是所有活力的來源。至少對我而言是如此的。我在他人眼中看來頗為恬淡，其實內心卻總想著些了不得的事。

那麼我是否受女生歡迎呢？悲哉，事情當然沒有這麼美好。年輕時我過度注重外表，覺得有必要時也會裝壞，用盡一切手段最後到手的卻只是空空如也的錢包，以及恨不得鑽洞躲起來的那種自我厭惡。

不過這也不全然是件壞事，正是這極端的自我厭惡使我成為了作家。帥哥是無法成為作家的，這是我一貫的見解。不用費什麼辛勞就能獲得女生認可的人，內心就不會欲求不滿，因此也就不會有必須將欲求不滿進行昇華的那種迫切渴望。糟糕的經驗會使文字成長，所謂作家，大概就是指那種能把自己的慘痛經驗，轉化為一行真實文字的人種吧。

開場白寫得有點長了。話說我在前陣子十一月二十二日出版了一本小說，標題叫《一天到晚想著女孩子，不知不覺就過了一年了。》（註8），這是東山彰良史上最長的標題，但標題卻相當切合內容。小說舞臺在我居住的福岡，人物對話都是博多方言，男主角叫「有象」與「無象」，兩人都是不帥也不炫的大學生，當然也不受女生歡迎。他們一邊為女孩子們所苦，一邊以絕稱不上是輕盈的步伐，度過校園裡的春夏秋冬。

我在每個登場人物的名字裡都放入了含意，「有象」與「無象」正如其名，就是無可救藥的「有象無象」，也就是日文裡「閒雜人等、雜七雜八」的意思。另外還有帥哥同學、啞鈴學長、小碧池等角色登場。我希望能讓讀者一看到這些角色的名字，就完全掌握他們的性格；偶爾我也會反過來利用登場人物的名字帶來的刻板印象，製造

8　此書尚未有中譯本。。

出遊戲效果，比如說溫厚教授很常勃然大怒等等。

這樣的小說當然是一本幽默小說。各位聰明的讀者大概也猜到了，這本連作短篇集，其實也正是我為自己寫的悲歌。回想起來，我還真是一個不酷也不炫的大學生。當時正值泡沫經濟頂峰，女孩們打扮得漂漂亮亮，男生們也儀表堂堂，我卻總兩手插在口袋裡，駝著背在校園內閒晃。為了讓自己能笑看那段淒慘的青春歲月，我一直都想寫一本幽默小說。所以我就寫了，一邊寫，一邊回想在那段無人理睬的歲月裡，許多扎在心中的小刺小痛。說不定你會願意讀讀這本小說，而若你心中也扎著和我一樣的刺，或許你讀了之後，便能露出會心一笑。

我不酷炫，你也不酷炫。既然如此，何妨一起笑看那令人難為情的時代?每個人都經歷過無名小卒的時代，才漸漸找到自己的一方天地。所以無須慌張，不管無名小卒時代受到過怎樣的打擊、品嘗過怎樣的辛酸，一切也絕不會白費。說到底，正是那些經驗說明了我們為何會成為現在的自己。

男人不壞，女人不愛

這種事也沒什麼好隱瞞的，我就直說吧：我有時會被稱讚長得頗帥。

這不是謊話。每個見到我的女性編輯都會讚不絕口，誇獎我是個帥哥，她們天真爛漫的口吻，就好像是對著九十歲的老人說「你看起來好年輕，一點都不像九十歲」一樣。每當被她們戴上帥哥的高帽子，都會讓我自覺自己真的老了。同時，我也會在心中某處嘀咕：好啊，妳就用身體來證明我有多帥吧！

這簡直是臉上笑心裡哭的境界。在我過去的經驗中，從沒有任何一個厚著臉皮稱讚我帥的女孩，會在桌子底下偷偷握住我的手，或是緩慢用舌頭沾濕鮮嫩的紅唇，用野豹凝視獵物般的眼神凝視著我。從來沒有。

究竟哪裡才是問題的本質？換句話說，為什麼我們會那麼在意自己長得帥不帥？

醜男會羨慕帥哥，原因無他，當然就是想受女生歡迎。特別是在年輕時，受不受女生歡迎可以說是事關生死。少女們總會以外表來判斷男生，但這也不能責備她們。

放眼自然界，大抵雄性都長得比雌性華美花俏。以還原論的觀點來看，毛色好看的雄性證明了牠很健康，身上沒有寄生蟲，所以年輕雌性才會重視雄性的外表。

然而，人類畢竟不能與畜生相提並論。少女們總喜歡帥哥，但好花命短，當年齡漸長、體驗到人生的痛苦時，便會發現比外表還重要的事物。生病時需要的可不是潔白整齊的牙齒，是錢；而要賺大錢，就必須要有一份好工作。男女要能和睦相處白頭偕老，當然也需要有一顆能體貼彼此的心。

常有人說，男人的臉就是履歷表。努力做好工作、性格慷慨大氣，同時又溫柔的男人，看在女人眼中自然會顯得帥氣。若再加上一些類似「脆弱」的要素，就可說是如虎添翼了，男性魅力便會源源不絕地散發出來。

如此可就是萬萬歲了，就算不想受歡迎也會自然而然受到女性歡迎，那些只會注重自己外表、耍小聰明的帥哥，可就望塵莫及了。「脆弱」、「善感」這些特性，說到底或許就是「不良性」，有陣子流行過所謂「小壞男（ちょいワル）」，那也證明了女人們會重視男人的不良性。中文裡有句俗話「男人不壞，女人不愛」，也是一樣的道理。

總之，在現實人生裡，有工作能力、懂慷慨出錢、具有包容性，以及不良性，這些都是比外貌更重要的受歡迎要素。

我漸漸明白我的課題了。若我想受女人歡迎，就要拚命寫小說、要揮金如土，即使女人連一根手指都不讓我碰我也絕不生氣，最後再實踐一下往年澤田研二那句「不懂事的女人就甩她一兩個巴掌」（註9）就好了，超簡單！

問題就出在，我的小說根本就賣不好。女人們哪，請妳們等等，有朝一日東山彰良的小說大賣了，一定會東山再起，變得更加性感的！

輝煌的不良少年時代

我不是不良分子。現在不是所謂「小壞男」，年輕時也沒當過不良少年。我總是膽小怯懦、擔心東擔心西，若沒有人愛就會沮喪不已。

當然我也是打過幾次架的。高一的時候我曾被人用啤酒杯砸破頭，縫了四十針。對方是二十八歲的卡車司機，我完全是受害者。有個輾轉難眠的夏夜，我獨自在橋上

9　澤田研二〈Casablanca Dandy〉歌詞。

乘涼，忽然就被不良少年找碴，三對一地打了一場架。當然這次我也是受害者，要是突然被找碴、做出一些不合理的要求，任誰都只能放手一戰了。所謂窮鼠齧貓就是這麼一回事。大學時代我加入美術社，低調地畫畫。當時一年有幾次社展，有次我畫完了社展要展示的畫，獨自在室見川旁發呆，結果又被不良少年找上了碴。到底有完沒完哪！明明我只是看著河川發呆而已，對方卻硬要說我瞪了他。那個不良少年身形比我矮小，看起來還搖搖晃晃的有些瘦弱，但我依舊相當害怕。剎那間我心想必須自己保護自己，還沒來得及動頭腦，就已經開始對對方拳打腳踢。那時我怕得像隻小兔子，因此可能不小心多揍了幾拳，回過神時對方已經哭喪著臉在道歉：「對不起我錯了，我給你跪，請你饒了我。」我感覺彷彿自己成了壞人，瞬間覺得無地自容，於是便一邊說著「我才對不起，你還好吧？」，一邊把對方給扶起來，還不斷低頭道歉。他跳上腳踏車離去後，我又獨自望著河川發呆。

我沒有過所謂的不良少年時代，幾次動手揍人都是正當防衛。正因如此，我現在仍對不良少年抱持著某種憧憬。我雖不喜歡尾崎豐，但仍無法壓抑「好想在十五歲的夜晚騎著偷來的機車奔馳」、「不知道在晚上打破學校的窗玻璃是什麼感覺」這些念頭。

不過前些日子我意外地發現，其實我也有過不良少年的時代。那時我正和三十年不見的高中好友一起喝酒，那位好友和我就讀不同國中，據他所說，當時我那所國中的不良少年和他們國中的不良少年打架，嗆聲時搬出了我的名字。我當然不知道為什麼要提到我，不過大概就是「你們小心點哪我們這邊還有這個人在」之類的意思。就因為那多餘的一句話，我在他們國中裡似乎就成了要小心的危險人物。而我卻一點也不知情，乖乖地過完了我的國中生活，平安地上了高中。我讀的高中是男校，從入學典禮當天開始我就被險惡氣氛所包圍。從各所學校群聚而來的志向遠大的不良少年們，不斷對我釋放挑釁的火花。有人惡鬼般地狠目瞪我，我都盡量避免和他們四目相交；有人來挑釁「聽說你很會打架是嗎？」，我都慌慌張張地搖頭。我也不明所以，就只是感到害怕極了。

過了三十年，事情的真相才總算明朗，原來在那些不良少年的眼中，我就是那個想爭奪霸主地位便必須打倒的對手。

我想謹以這段過去，做為我輝煌的不良史。

卑怯的記憶

捏造記憶，或是被記憶所誑騙——這種推理小說裡常見的設定，前些日子我卻親身體驗到了。

前陣子我和國中小時代的朋友一起去喝了一杯。畢竟過了三十多年，包括我自己在內，過去的同學們都成了一把年紀的大叔大嬸。該突出的突出了，該下垂的下垂了，該乾枯的地方也都乾枯了。若坐近點仔細聞，說不定還可以聞到從前沒有的氣味。一如這類聚會的慣例，我們受高漲的懷舊情緒所影響，話題不斷回溯時間之流，最後降落在該降落的地方。是的，便是那個我們最有勇無謀，卻又神采煥發的時代。

「國中的時候，你真的很可怕欸。」

談話之間，K突然如此評論我。我？可怕？我睜大眼睛望著K發愣。K身上只披著一件黑色甚平，串珠掛著虎眼石躺在袒露的胸膛上，一頭歐魯巴庫髮型，怎麼看怎麼像黑道大哥。我心想：我最好是有你可怕啦！

據他說，那是國一時候的事。當時我們都加入籃球社，有天被學長叫去社辦。社辦位於體育館閣樓，學長們總是在那裡抽菸、聽搖滾樂，以及揍學弟。不過那天我們似乎並沒有被揍，因為學長們已經準備好別的祭品了。祭品是桌球社的學長們。籃球社的學長們命令我們這些一年級的學弟，動手揍那些桌球社的學長們。

「那時候啊，」在那副有角度的眼鏡背後，K懷念地瞇起了眼。「是你最先出手揍人的哪。」

這話完全出乎我意料之外。我動手揍了幾個跟我無怨無仇、毫無關係的人？這怎麼可能呢？

「呵，畢竟要是我們不動手，就輪到我們被學長揍了，這也是沒辦法的事。」

我張大嘴巴啞口無言。我要聲明，我絕不是那種會平白無故傷害他人的人，絕對不是。不要說人了，就算是蟲子有時我也不忍心傷害。但K這傢伙卻指控我做出了這種傷天害理的事，簡直是胡說八道！豈有此理！我憤怒地渾身顫抖，差點就要一拳朝K揮過去了。

同樣是籃球社員的H，也笑著同意了K的說法。H說，那天想忘也忘不了。照兩人的說法，那天我們這些籃球社的一年級學生，都被迫動手揍了那些我們根本不想揍的人。

如果他們的記憶是正確的，那我就是個豬狗不如的人，不僅傷害了他人，還把這件事從記憶裡徹底消除了。那晚直到散會時，我心中仍相當不平靜。

記憶突然浮現心頭，是在兩個月之後的事。老實說，就是在寫這篇稿子的當下，現在，這個瞬間。我坐在電腦前歪著頭，思考著該擷取自己人生的哪個時代出來寫，這時，一股夾雜著汗水、髮蠟味與菸味的複雜氣味驀地掠過鼻尖，那間昏暗社辦裡，那些卑怯的小孩閃著微弱光芒的雙瞳，又重現在我眼前。

那天，我的確屈服於學長們的暴力，對與我毫不相干的人暴力相向了。之後，我無法忍受自己竟是一個如此卑怯的人，而在學長們的咯咯笑聲中轉身逃出了社辦。後來我立刻便去找我出手揍的人，向他們道了歉。我真的誠心誠意地道了歉，沒騙人，我確實想起來了。但，這是真的嗎？我真的，道了歉了嗎？

所以我便寫下了這篇文章，為了讓自己不要忘記自己的本性。我是一個怯懦而只求保身，對於不想記住的事還能迅速忘得一乾二淨的偽君子，不只如此，我甚至還可以捏造記憶。我曾經傷害過不該傷害的人，而在新浮現的記憶之中，我確實向他們低頭道了歉。但他們究竟有沒有原諒我，我卻怎麼也想不起來。

靈魂裡蘊藏暴力的人

抱歉舊事重提：貴之岩被日馬富士打傷，是二〇一七年十月二十五日晚上的事。日馬富士看不慣貴之岩在大橫綱白鵬說話時還在滑手機，便拳腳相向了。但在一年之後，卻換成貴之岩揍了他的一名隨從。貴之岩被迫退休，社會十分訝異：貴之岩哪，你自己都曾受到暴力所害，為什麼卻沒學到教訓呢？

在某種意義上，貴之岩的確沒有學到教訓。他該學到暴力的代價有多龐大。貴之岩明明看到了日馬富士後來的下場，卻還對他人施加暴力，套個常有的論調，大概還是肇因於暴力的傳染性，以及貴之岩那已深入骨髓的對暴力的耐性吧。

一般而言，長期置身於頻繁遭受暴力的環境之中，會使人對暴力產生耐性，不論是對自己或是對他人的暴力。產生耐性之後，被揍個幾拳便不會太在意，揍人家幾拳也不會覺得心痛。儘管大腦知道暴力的代價很龐大，銘刻在靈魂的黑暗咒縛卻沒那麼容易就能祛除，稍微一不小心，體內的暴力衝動便會突破理性的封印展露於外。體內已沾染上暴力習性的人所能做的，便是一味地強化理性而已。為此，他們必須牢牢記住自己所參與過的暴力，不論自己是做為施暴者，或是受暴者。

其實我也是一個靈魂裡蘊藏暴力的人。在我小時候，身邊充斥著各種說不清是管教或只是單純出氣的暴力。但即使如此，我也沒有懷疑過大人們的慈愛。小孩子就是這樣的，畢竟若刻意去想，大人是因為討厭自己才揍自己的，那豈不是太令人難過了？再加上，我實在是一個不知天高地厚的死小孩，偷懶又粗魯，不把大人當大人。這種死小孩就活該被教訓，而我小學五年級分班那天，突然就被教訓了。

分了新班之後，我依舊一副旁若無人的模樣。畢竟第一印象很重要，怎麼能一開始就讓人看扁呢？班導終於對我的態度忍無可忍，喝令我站起來，便甩了我巴掌。我冷笑：不過是甩一、兩個巴掌，有什麼大不了？然而若是十幾二十幾個巴掌，那可就不一樣了。那天我從教室這頭，一直被甩巴掌甩到教室另一頭。當然，我也顧不得眾目睽睽，就放聲大哭起來。到了教室另一頭後，又循原路被甩巴掌甩回本來那一頭。

那是我有生以來第一次經歷到那樣壓倒性的暴力。我絕望地領悟到，自己今後兩年一直到畢業，都必須活在那暴力的陰影之下。即使是現在，我也並不對自己被揍這件事心存感激（怎麼可能感激呢？），但那時候我的確欠揍，該狠狠地揍一頓。那兩年之中我所學到的便是，這世界上存在著我根本無法想像的巨大暴力。

前些日子舉辦同學會，我沒參加，而那個老師參加了。席間大家氣氛熱烈，昔日的同學也沒什麼顧慮地談起我被痛打的事，但聽說那個老師卻完全不記得那天的事。

被打的那方會學到教訓，但打人的那方要學到什麼卻意外地相當困難。這兩者之間雖然關係密切，卻又同時存在著無可跨越的鴻溝。

遊戲與賭博

我絕對算不上是個體育迷，但也不是全然沒有興趣。特別是奧運這種四年只有一次的罕見盛事，總會吸引我的關注。看著選手們為了獲得獎牌而使盡全力，實在令人感觸良多，他們充滿熱情的身影有時還會讓我不自覺地紅了眼眶。

二〇一六年的里約奧運實在出了不少包，震驚了全世界，一下子是競技場還沒蓋好，一下子是跳水池一夕之間變成綠色，一下子又是柔道選手想搶回被女賊偷走的手機卻被飯店員工痛扁等等，除了比賽本身之外還發生了許多事件，讓我覺得相當娛樂。

然而卻也有件事讓我吃驚地認為，這些人真的啥也不懂——那就是俄羅斯選手的禁藥風波。俄羅斯組織性地鼓勵選手使用禁藥而引發軒然大波，這我們都還記憶猶新。國際奧委會最終決定在滿足嚴格條件的前提下，仍讓俄羅斯參賽，但這件事不禁使我覺得，這個國家現在仍無法理解體育的精神以及快樂，仍受到極權主義的影響。

本來，體育「競賽」的英文叫作「game」，而 game 除了有「競賽」的意思之外，還有「遊戲」的含意。也就是說這個詞代表著，大家可以盡全力去爭勝負，但仍必須以重視遊戲性為前提。

世界上的確存在賭上生死的遊戲，《越戰獵鹿人》這部電影裡最後一個場景，男人們熱中於玩俄羅斯轉盤死亡遊戲，令人印象深刻。由克里斯多福・沃肯飾演的尼克自己開槍打爆了自己的頭。這種遊戲當然不可能會有國際競技，不過若真把奧運競賽當作類似這種賭命遊戲的話，那就不該稱為「game」，叫作「gamble」比較合適。

體育當然是遊戲（game），而不是賭博（gamble）。若我們再細想下去，便能理解：既然是遊戲，那當然就會有規則，選手們必須在這個規則的框架裡使盡全力奪冠。比如說在拳擊比賽中，我們想看的是選手們在規則的框架裡競爭所展現出的強悍。如果說可以只在意強大而無視規則，那任何一種體育都無法成立。一個晃晃悠悠的卑鄙小人，只要有一把手槍就可以贏過世界重量級拳王。

我們會在體育中看到社會的縮影。在遵守規則的前提之下來一決勝負，這才是我們所生存的這個社會賴以存在的基礎。若只一味拘泥於取勝，甚至可以為了超越他人而使出犯規招數的話，那我們等於活在一個殺氣騰騰、弱肉強食的世界之中。也或許，現實世界已經是如此了，或許世界一直都是弱肉強食而殘酷無情的。但只要我們團結一致，假裝這個世界不是這樣的，那麼世界就會漸漸符合我們的期望。至少我是這麼認為的。而體育這種活動，便能有效幫助我們去「假裝」。

所以，別再服用什麼禁藥了。若真想增加精力，就去買最貴的能量飲料來喝吧。

殭屍電影的功效

我超愛殭屍的。

各位親愛的聰明讀者是否知道殭屍（zombie）是何時誕生的？殭屍絕不是好萊塢電影的產物，原本是海地的民間信仰。

根據 Glennys Howarth 和 Oliver Leaman 所編纂的《關於死亡的百科全書》（Encyclopedia of Death and Dying），殭屍電影的始祖是一九三二年的《蒼白殭屍》（White Zombie）。這部作品描述海地巫師施法讓死者復活，但其實在這部電影拍攝很久以前，海地便已經有殭屍的存在了。當然，海地的殭屍並不是像好萊塢那種會搖搖晃晃四處尋找新鮮人肉的殭屍。

從前，海地的巫毒信仰認為「對人作惡者，亦即僧侶乃是妖術（基督教）的產物，終將變成殭屍」。據說海地殭屍時常出沒，海地人每年目擊的殭屍數約有一千隻，而且法律還有規定，施展把人變成殭屍的巫術是犯罪行為。

在佛洛伊德登場以前，精神疾病曾被認為是惡魔搞鬼，海地人對於殭屍的認知，大概也是為了解釋這種超越人類智慧的不可解現象，所做出的原始類推吧。前文提到的百科全書也寫到：「關於殭屍，老實說幾乎沒有任何一種科學方式能加以說明。最為適當的說明，大概是死者家屬誤把那些四處遊蕩，或是精神異常的人當成了殭屍。」也就是說，海地所謂的殭屍其實就類似日本的「狐狸精附體」。

今天讓我們為之瘋狂的殭屍電影，在分類上屬於「當代殭屍」（參照伊東美和《殭屍電影大事典》）。所謂當代殭屍簡單來說，就是描繪在殭屍肆虐的世界裡試圖求生的人類，他們的生存鬥爭以及內心糾葛的一系列作品，喬治・安德魯・羅梅羅拍攝的《活死人之夜》為其濫觴。殭屍們（電影中稱作食屍鬼〈ghouls〉）可以獨立行走，會大口大口地吃人肉，想打倒就只能對他們的腦部開槍──這種當代殭屍的形象就是這部電影確立起來的，可以說是紀念碑般的作品。

與殭屍戰鬥的人類最為煩惱的，莫過於當自己所愛的人變成殭屍時該怎麼辦。

《活死人之夜》中也有一對夫妻深愛的女兒變成了殭屍。小時我看到這種場景，總會在心中大喊：「快殺啊！那孩子已經不是人類了！再慢吞吞的你就要被吃掉了！」

然而當年歲漸長，好歹也算了解人生，且又為人父親之後便明白，就算自己的孩子真變成了殭屍，要朝著心愛的孩子腦門開槍，可不是一件容易做到的事。每當在看殭屍電影時，我總會感慨地想著：若自己孩子變成了殭屍，啞啞嗚嗚呻吟著朝我伸手時，或許乾脆讓他吃掉，也是一種愛的形式。

如此，從民俗學到父母的親情，殭屍實在教會了我很多東西。

活埋藍調裡

在我的人生中，音樂是不可或缺的事物。我在人生的許多階段都被音樂所救，在創作小說時也從音樂得到不少的靈感。

我買的第一張音樂錄音帶，是 ABBA 與 Paule Maurice 的歌，那時我大概是小學五年級。除此之外受到住在臺灣的阿姨影響，我也常聽波尼M合唱團（Boney M.）或蜜蜂合唱團（Bee Gees）這些迪斯可音樂。我在聽 Lipps Inc. 的〈Funkytown〉時，一到副歌的「Well, I talk about it, talk about it～」，還會模仿它的發音興奮地用日語跟著高唱：「喂，邱都媽爹（等一下），邱都媽爹～」。

我的音樂之門猛然開啟，是在國一的時候。這其實也是常有的事：當時班上有些同學比較老成，受到他們的影響，我不斷地將 AC/DC 和深紫樂團（Deep Purple）狂濤般地注入腦中。硬式搖滾和重金屬音樂與我此前所聽的迪斯可音樂不同，樂風極為凶暴，非常貼近我當時狂躁起伏的心境。之後直到高中畢業，我都一面倒地迷上重金屬音樂。

漫長人生中總會有諸多後悔，對我而言，在這個多愁善感的時期迷上了重金屬音樂，便是一件令我後悔的事。請別誤會，我現在仍然打從心底慶喜當時的自己愛上了重金屬。我所感到遺憾的是，就因為迷上了重金屬，所以當時嘗試學習吉他時，每天都只顧著練習速彈。明明連和弦都還按不好，卻根本不想練習除了速彈以外的技巧。是的，我疏忽了最基礎的修練。當時的我穿著黑色緊身牛仔褲，彈起吉他一天便是四個小時。我把電吉他接上音箱，為幻想中即將到來的出道之日做準備，在自己房間裡又蹦又跳。有次彈得太全神貫注，甚至還用吉他把房間的螢光燈給打碎了。想必那些日子對母親而言，簡直是地獄。

當然，我的技巧完全沒有進步。我曾在樂器店張貼招募團員的廣告，也玩過幾個樂團，但不管是什麼樣的曲子，一到吉他獨奏的樂段就立刻變得亂七八糟，樂團也就跟曲子一起解體了。在那之中我對重金屬的熱情也逐漸冷卻，有天突然連彈吉他的動力也沒了。那些除了速彈之外沒有其他才華的長髮男子，在我眼裡突然一個個看起來都像極了冒牌貨。我心想：這種一被鏡頭帶到就伸出舌頭比中指的人生，我是不能再過下去的了。我成為了大學生，社會也正處於由《廣場協議》所開展的泡沫經濟最頂峰，已經不是一個適合聽著吵死人的音樂，高喊些惡魔啦世界末日這些瘋言瘋語的時代了。但我卻怎麼也無法喜歡輕佻浮薄的歐陸節拍（Eurobeat），於是便陷入了音樂的混亂。

我便是在那時邂逅了滾石樂團（The Rolling Stones）。這個樂團支配了我很長一段時間，我幾乎要以「像不像滾石」來當作判斷所有音樂的標準。The Roosters 像滾石，

Sonhouse也像，但Red Warriors就絕對不像。在伍茲塔克音樂節出場表演的人大家都像滾石，但在BEAT CHILD出場的人則否（The Street Sliders除外）。讓我從這種咒縛裡逃脫出來的，是在舊唱片行偶然試聽的山姆・霍普金斯（Lightnin' Hopkins）。

通往藍調音樂的門扉就這樣嘎吱地敞開了。在山姆・霍普金斯這扇門扉背後所開展的，是一片震懾人心的藍調荒野。年老的藍調人、眼盲的藍調人、殺了人的藍調人。從他們指尖彈奏的吉他裡、滿溢哀愁吹響的口琴音色中，流露著對人生的心灰意冷，或是失去女人的悲傷。雖然事到如今這種話已多說無益，但若我能打從一開始就注意到藍調音樂的好，我或許便不會放棄吉他，現在仍持續彈奏著也說不定。一思及此，我便更加覺得當初那個被重金屬迷得暈頭轉向的自己，實在可恨。

其後我便如飢似渴地聽著嚎狼（Howlin' Wolf）和馬迪・沃特斯（Muddy Waters）這些歌手。真正的藍調音樂其實一點也不酷炫，反而相當土裡土氣，散發著酸臭味，卻充滿了關於生存的故事與提示。當時我約莫是二十七、八歲，也就是說從我被藍調附身至今，已過了四分之一個世紀。

彷彿被滑坡絆住了腳
厄運四面八方席捲而來
我被輕鬆的人生拋棄
從此葬在了藍調之中
——尼克・格拉文奈（Nick Gravenites）〈Buried Alive in the Blues〉

我從藍調裡學到了很多事物，其中最令我銘刻於心的，便是放棄的重要性。在那些不管怎麼寫書都賣不好的日子，我便埋頭在藍調音樂裡，然後便想起我能成為作家，本身就已相當幸運。我在成為作家的那一刻，便將所有的運氣都用光了，對我而言持續書寫才是最重要的，其他的就隨他吧。反正小說這東西不管再怎麼寫，也過不上輕鬆愜意的人生，但那也是無可奈何的事，因為這就是我所選擇的道路——我等於是被活埋在了故事之中。

鴉片與香水

我喜歡香水。我自己也會噴，而那種身上散發著濃烈香水味的女人我也非常喜歡。話雖如此，倒也不是哪種香味都好，從香味便可看出個人的喜好。

我剛開始對香水感興趣的時候，紀梵希的海洋香榭（Ultramarine）非常流行。我就厚著臉皮承認吧，其實我也買了。那時候不管張三李四王五，大家都在噴這款香水，特別是那種有點不良氣質的男孩子特別愛擦。

我把這款香水丟進了垃圾桶。我既不想被當成那種自以為具有小壞魅力的大叔，也無法忍受走到哪裡都有人跟我散發一樣的氣味。我當然知道香水本身沒有錯，但對我而言，關於香水的黑歷史，就是這款紀梵希海洋香榭。

香味這東西會喚醒人類的印象，不管是多麼芬芳的氣味，若第一印象差，那麼那款香水對你而言便只能是心靈創傷。曾把自己狠狠甩掉的女人所噴的香水，男人大概絕不會願意承認那香氣是好的吧，總得要忍住眼淚與憤怒情緒才有辦法聞。這就是所謂的恨屋及烏了。

對女性而言，在那種「我今天不想回家」的一決勝負的夜晚，在脖頸上咻地小噴一下，大概便是香水最典雅的用法了。時間已臨午夜零點，地點是今晚第三間的雅致酒吧，周圍播放著令人舒適的爵士樂，空氣中瀰漫著淡淡的琴酒香，令人想起潘海利根的杜松司令（Penhaligon's Juniper Sling）。雖然已有三分醉意，但若想搭末班電車其實還趕得上。此時離開座位，上洗手間時順便往脖頸上一噴——這就對了。若接下來行程只剩回家，根本沒有噴新香水的必要。當新的香水味掠過鼻尖的瞬間，不管是何種男人大概都會接收到嬌媚的訊息。若做到這樣男人仍不上鉤，那也就只能放棄了，不是他對妳沒興趣，就是已有妻兒，不論如何這種不解風情的傢伙，也不適合跟他談戀愛。

最近我頗中意伊夫・聖羅蘭的 Opium 這款香水，聽說它的香氣頗為古典，且 Opium 可是鴉片的意思，不論是這命名，或是如線香般具異國情調的香氣，都使我為之心動。不過，它的香味雖然無可挑剔，難就難在不知該何時使用。像我平常穿的破爛牛仔褲以及T恤，大概與這香氣便不搭襯。要搭這款香水，大概還是要穿略有東方色彩的服裝，比如棉麻的西裝吧。

說到鴉片，尚・考克多的《鴉片煙》裡寫到：「我最討厭所謂的獨創性了，總是盡可能地避免它。要發揮獨創想法，卻又不像穿著新衣那般顯得太刻意，這需要非常仔細小心。」

這句真理也可以用在香水上。香水最重要的，仍是典雅性，噴新香水時若顯得太得意洋洋，未免便失了格調。四處炫耀香氣彷彿那是自己的功勞，這種行為太過荒唐，更別提還把它寫成散文了，簡直不可原諒。

或許也免不了被丟石頭

名人的醜聞總是在記憶淡去之時突然被發現，每次都讓我感覺到自己對他們的憧憬之念遭到踐踏蹂躪，尊敬之情被吐了唾沫。這不論日本或臺灣都相同，以臺灣來講，拍攝《艋舺》、《軍中樂園》等名片的鈕承澤被發現涉嫌性侵女性工作人員，是二

○一八年十二月的事。

所以這篇文章中，我想試圖探討性衝動這東西。

話雖如此，我自己倒是沒有感受過那種強烈到無可抑制、非把女性推倒不可的性衝動。不對，或許是有的，但我明白對人類而言，懂得放棄仍是很重要的。不管自己如何慾火焚身，只要女性堅持不依不就，那我也就沒有辦法好想。不管女性舉止如何催淫，不管自身喝得如何爛醉，若不想受到警察的照顧，就必須懂得放棄。

我無意以自身尺度來衡量所謂的「正常」，但我仍覺得大概這才是正常的情況。我倒是有嘗過被女性當成狗，遭到不合理對待的滋味，這時我會說服自己，心中這股不痛快終將成為寫作的養分。事實上也是如此。當我成功將自身的不悅經驗寫成具有普遍性的警句，那經驗便長出了白色翅膀，升天翱翔而去。此時我便會覺得，幸好我是個作家。

如此，我知道該如何應對自己的性衝動，但這也不是我的專利。在《萬國奇人博覽館》（Le Livre des bizarres）這本書中「性的奇特行為」項目裡，介紹了古今中外各種足以撼動我們對於性的刻板印象的奇特行為事例。由於相當有趣，在此介紹幾個例子。

根據書中所說，十八世紀的尼古拉・埃德姆・雷蒂夫是第一個寫到反常性慾的作家，他使得戀足、戀鞋的物戀傾向廣為世人所知。這位雷蒂夫寫到，曾有個男人提著一桶焦油在路上行走，四處尋找願意將焦油塗在自己那話兒上的女性。

雷蒂夫也寫到有個被稱作「觸摸男」的男人，這男人在法國大革命時常到刑場走動，安靜穿梭於斷頭臺附近看熱鬧的群眾之間，偷偷撫摸女性的背部，藉以得到無上的滿足。

根據一個叫「皮衣潔琪」，曾開過受虐癖工作室的女性所言，有個老男人曾請她將他在全裸的狀態下用包裝紙包起來，仔細綁上繩子之後放置在森林裡。他就這樣度過了三天，等有人散步經過發現，他要求那人不要告訴警察後，便心滿意足地離去。

一九七三年，米蘭有個男人要求祭司祝福他與愛車的婚姻，祭司拒絕後，他就把自己關在愛車裡整整一個禮拜，堅決不肯打開車門。

就像這樣，這本書中介紹了許多有關性的奇談。而我衷心希望大家寧可將自己的性衝動以別種形式進行昇華，也不要傷害他人而成為罪犯。我當然知道事情沒有這麼單純，而即使試圖昇華了，或許也免不了被丟石頭，但至少比起強暴他人，實際損害還是要輕得許多。

性騷擾論

談論時事問題，是件不容易的事。

我們日常在報紙與新聞中接觸到的報導，不用說，當然已經透過媒體這層濾鏡，不見得是客觀資訊。再加上事件當事人在絕大多數的情況下，都處於敵對關係。也就是說，若輕易下筆為文，肯定了一方就會否定另一方，不管怎樣總會有人不愉快。所以若想談論時事問題，是需要頗大的覺悟的，像我這種沒什麼覺悟的人，本不該輕易談論天下國家。

不過，最近的性騷擾醜聞風波到底是怎麼一回事？明明已經有許多政客和藝人因性騷擾受到制裁而垂頭喪氣（或乾脆理直氣壯將錯就錯），接連數日在新聞鬧得沸沸揚揚，類似的風波依舊接二連三。從好萊塢開始的性騷擾風波終於延燒到了諾貝爾獎，瑞典學院宣布二〇一八年將停辦諾貝爾文學獎，原因是學院院士的丈夫被發現涉嫌性侵以及洩漏資訊。

不論何時，男人心中都存在想和可愛女孩卿卿我我的慾望，但大部分男人知道如何管理自己的慾望。我們明白，有些東西想看也不該看，想摸也不該摸，若放任本能暴走，將對女性的身心造成無可挽回的創傷，轉瞬間便會奪去加害者與受害者雙方的人生，一如浦島太郎的時光玉匣。每次在電視看到性騷擾加害者時，我都會心想：唉，這傢伙大概是誤以為，那時光玉匣稍微打開一點也無傷大雅吧。而讓他們產生這樣的錯覺的，說到底，還是那一丁點渺小的權力。我認為性騷擾與職權騷擾是同源的，在強者倚恃權力欺凌弱者藉以發洩出氣，或是試圖揩油占便宜的諸多社會問題之中，這兩者是最為卑劣的具體表現。

我是個男人，而且還是那種頗色的男人。我敢斷言，不管我長到幾歲，這種好色之心都不會消失。看看川端康成的《睡美人》、馬奎斯《苦妓追憶錄》，或是菲利普・羅斯的作品吧。就連尼采也說過：「真正的男人想要兩件事物：危險與遊戲。所以男人會慾望女人，因為她們是最危險的玩具。」他還說：「真正的男人體內永遠隱藏著小男孩，而這躲起來的小男孩渴望遊戲。女人哪，去找出男人體內隱藏的男孩吧！女性就該是玩具，該是純潔的、美麗的玩具。」

這是怎麼回事！就連絕世無倫的哲學家都毫不顧忌地這麼說了，那麼男人們誤以為「性騷擾＝真男人」，似乎也沒什麼好不可思議的了。對這些愚蠢的男人，我有一句話想說。

尼采可是十九世紀的人哪！

尼采所生存的時代，以日本來講大概是江戶到明治中間。過去的人們對於自身行為的不檢點付出代價的方式，是因時代而異的。若江戶時代的官員犯下了足以損害幕府威信的錯，那大概就別想活了。對於受害女性的痛苦，我也只能透過想像試圖理解。性騷擾之所以卑劣，正是因為這些男人安心以十九世紀的方式去傷害他人，當被追究責任時卻沒膽按照十九世紀的方式，來切腹謝罪。

性向的部分

成宮寬貴閃電般地從演藝圈引退了。

根據我看到的電視報導，他原先是被懷疑有吸古柯鹼，驗尿結果卻是陰性。後來他發表聲明：「絕不想被人知道的性向的部分也受到放大檢視，今後錯誤報導也會不斷擴散，對此我感到無可言喻的不安、恐懼與絕望，幾至崩潰」，因而退出了演藝圈。

每當看到這樣的報導，我都感到一陣恐懼。毒品疑雲用科學方法洗清嫌疑即可，但問題是所謂「性向的部分」——我不是要談論該如何洗清這部分的嫌疑。從根本上來講，把「性向的部分」拿來和毒品疑雲相提並論，甚至還把前者拿來做為強化後者疑雲的王牌使用，這種媒體手法讓我感到憤怒至極，乃至產生一股無力感。不管所謂「性向的部分」是什麼意思，那到底哪裡礙到你了？

話雖如此，對於這個部分我們現在仍處於過渡期，並不是任何人都能坦然透露自身與他人擁有不同的性向。若輕易透露了，不知道會招來什麼災害。然而，世界上就是有些人具有與多數人不同的性向，這是一個不容分辯的事實。我們到底要把不屬於多數族群的人們，當作攻擊目標到什麼時候？

套用米歇爾・傅柯的理論來談這些問題或許太過輕率，不過傅柯認為，「性（sex）」是存在於人類存有根源的普遍能源，從「性」會衍生出許多「性向（sexuality）」。依我的理解，人類普遍擁有的性衝動是「性」，而性衝動展現的方式，以及其朝向的方向，便是「性向」。「性」本來是自由奔放的事物，但若任其橫流而不加約束，會造成許多問題。如果世界上充滿像薩德侯爵那樣的人，那就不得了了，人們大概別想安心外出行走了。於是我們的社會便將「性」的展現型態「性向」加以管理、規格化。正是這種權力，決定了成宮寬貴所說的「性向的部分」是正常或是異常。

或許這樣的規範也曾經符合時代需求，但正如巴布・狄倫所唱的，時代會蛻變。對於我們無法理解的事物，不妨就承認自己無法理解，但至少可以不去妄加批判。更別提是暴露他人性向的行為，這完全不可原諒。

愛貓的女性

拙著《流》的臺灣版在二〇一六年六月上市了，為了參與促銷活動，我回臺灣待了五天。那五天非常忙碌，要開記者會、簽書會，又要和朋友聚餐，而其中，和蔡英文總統的會面對我而言自然是一件非常重要的行程。

我平常是不怎麼緊張的人，但這天從一大早就有些忐忑，每隔幾分鐘就感到一陣尿意，這大概也是由於緊張的緣故吧。我告訴自己：沒什麼好怕的，總統不也一樣是人嗎？總之不要亂搞笑就是了，表現得正常點就好，正常點。

六月十七日下午兩點整，我便在總統府見到了臺灣的新任總統。會面只有大約三十分鐘，但我們真的講了很多話，聊天內容東南西北，導致我幾乎都想不起來了。

會談基本上是由總統主導，這也是理所當然的，畢竟我當然不能主動去問總統喜歡吃什麼、假日怎麼過這些問題。面對蔡總統溫和的提問，我老實溫馴地一一問答：

「是的，閣下，我出生於臺灣，所以會講中文」、「不是的，閣下，龍舌蘭酒的原料並不是仙人掌」。

總統的神情倏忽散發出些許光芒，是在與我同行的臺灣方出版社工作人員準備周到地提供貓的話題的時候。蔡總統愛貓是出了名的，她養的兩隻貓，蔡想想與蔡阿才紅遍了整個臺灣。其實我在這次會談的幾天前，碰巧撿到了一隻小貓，當時牠在停車場裡喵喵叫著，我就把牠撿回了家。我向蔡總統提到這件事後，她看起來神情滿足、龍心大悅。

不過我在這裡必須老實地坦承：我雖然很會撿貓，卻很討厭照顧貓。不是我自誇，我還真從來沒照顧過貓，照顧貓這種麻煩事全都是我那愛貓的老婆一手包辦。我撿回來的第一隻貓名叫小童，長命地活到了二十二歲，離世時也是妻子送終的。這次也是一樣。這次撿到的貓取名叫神樂，我聽從妻命買了小貓用的奶瓶和奶粉，之後就沒我的事了，頂多偶爾想起來時稍微抱幾下即可。

前言有點長了，接下來進入正題。這次和我同行的臺灣方工作人員全部都是女性，其中我抱持好感的工作人員，竟然碰巧全部都有養貓！負責拙著臺灣版校對工作的女性養了五隻貓，她後來還傳了照片給我看。負責行銷的女性養了三隻，業務和口譯人員的家裡也各養了一隻可愛的貓。而我也常在各種場合提到，自己的妻子是個無與倫比的愛貓人士。

也就是說，事情或許是這麼一回事：我似乎頗容易受到愛貓的女性喜愛。就算不被喜愛，至少也不會被討厭。若真是這樣，那麼說不定蔡總統也對我抱持了良好的印象吧，就像我對她抱持了良好印象一樣。肯定是這樣的。

第四章

龍舌蘭！

早餐之王

身為男人，就不該對食物挑三揀四——以前我不知道在哪裡讀過一篇散文是這樣寫的。我記得那篇文章的主張大概是這樣的：食物這東西，只要能轉化為你的骨肉血液即可，味道都是其次，有得吃就該心存感謝地吃下肚，這才是男人。

長久以來，這成了我對食物的哲學。本來我就是個對食物不大講究的人，都快四十八歲了，現在仍然喜歡烤肉勝過壽司，喜歡漢堡肉勝過蕎麥麵，比起那種高尚的法國料理，我則更愛咖哩飯。食物只要滿足好吃、便宜、快速這三個條件即可，一邊吃飯一邊還得擔心錢包，這可不符合我的個性。

不過若是最後一餐，那事情可就不一樣了，憑它再怎麼好吃、便宜、快速，人生的最後一餐我也不會想吃大麥克漢堡。我心中已經想好了最後一餐的菜單：那就是一杯熱騰騰的豆漿，配上剛出爐的燒餅油條。

對在臺灣出生的人而言，豆漿和燒餅油條可說是早餐的王道。豆漿也有鹹的，但我從小就喜歡喝甜的。所謂燒餅油條，是用撒上白芝麻的、麵包般的「燒餅」，夾上名為「油條」的長形炸麵包。這種沒有任何變化與創意的餐點，就是臺灣的早餐之王。味道有跟沒有一樣，吃了燒餅油條後嘴巴會很乾，所以就得一邊喝甜豆漿來療癒。有些人可能根本不會覺得好吃，但所謂靈魂食物就是這樣的。或許豆漿與燒餅油條之於我，就像味噌湯與白米飯之於日本人吧。

小時每天早上我都會陪祖父到附近的植物園去做體操。臺北植物園長滿熱帶植物，許多老年人一大早就會到那邊做體操、跳社交舞，或是優哉游哉地修練著太極拳。運動之後肚子會餓，流過汗後，祖父有時便會帶我去吃燒餅油條。那間店位於植物園外面，距離植物園很近，總是在人行道上擺桌子做生意，旁邊有一家頗為原始的寵物店，總是散發著獸類們的悲哀氣息。現在已經不可能這樣做了，不過當時，店面前方籃子裡塞著一堆油條，祖父總是用手指一一觸摸檢查，然後再要求店主做一份現炸的來。

幸好燒餅油條這東西十年如一日，在哪裡吃味道都差不多，我人生的最後一餐依舊安泰。

耐心與毅力的生火腿

我有件非常自豪的事：東山彰良我呢，曾經自己製作過生火腿。要說明事情的來龍去脈，便必須稍微回溯一下時間軸。

二〇一一年夏天，我成了龍舌蘭大師（Tequila Maestro），這是由日本龍舌蘭酒協會所舉辦的，為龍舌蘭愛好者所存在的資格考，我順利合格取得了資格。一般提到酒類的專家，比較有名的是葡萄酒侍酒師（Wine Sommelier），但龍舌蘭大師卻也不容小覷，雖然需求不像葡萄酒侍酒師那樣多，至少頗為稀奇。透過這層關係認識的龍舌蘭大師同伴中，竟有人在家中自己製作生火腿，且地點就在福岡，在我家附近！

我從以前就對香腸、生火腿這類食物相當感興趣，長久以來我總夢想著要買下一整隻生火腿，在自己家裡切片配龍舌蘭酒享用。光是想像就不禁令我著迷：暖爐裡點燃著溫暖的火焰，一隻長毛大狗幸福地酣睡著，堅實的桃花心木餐桌上擺著銀製燭臺，上面插著點燃的蠟燭。真空管立體音響播放著普契尼歌劇，在牆壁上掛著的肖像畫注視之下，我慢條斯理地為我那優雅的家人們切著火腿肉。

但當我在義大利物產展等處詢問帕馬火腿的價格，得到的答覆是好幾十萬日圓。就在我哭喪著臉打算放棄時，突然聽到前面提到的好消息，讓我不禁欣喜雀躍，所謂及時雨就是這麼一回事。我二話不說，立刻拜師為徒，開始製作生火腿。

師父替我弄來一根約十公斤左右的豬腿，我們就在寒冬中嚴肅地展開了製作生火腿的作業。我們要做的是不經煙燻的義式帕馬火腿。醃漬工作意外地簡單，將鹽揉進生肉裡，裝進塑膠袋放置一個月左右，袋內便會充滿乳酸菌，鹽巴會滲入肉裡。接著花上大約十五小時用流水把鹽洗去，就這樣而已。然後只要風乾兩至三年，就是了不起的帕馬火腿了。

製作生火腿的過程比起技術，更重要的是耐心與毅力。若這裡是義大利，只消把肉掛在涼爽通風的地下室裡即可，但在高溫多濕的日本可不能這樣做。為了不讓醃漬的肉在夏天腐敗，我的師父家裡擺著一臺巨大的營業用冰箱。我家沒有那種東西，只得把我的肉寄養在師父家中。這是三年前的事。

去年，醃漬熟成的帕馬火腿終於送到了我家。由於我家沒購買帕馬火腿架，要把生火腿切片得要我和妻子兩人合力動手才行，這可相當累人。不過辛勞是有收穫的，火腿那樸素的風味，果然相當特別。

龍舌蘭酒與鳳梨酥

我成為日本龍舌蘭酒協會認證的龍舌蘭大師（Tequila Maestro），是二〇一一年的事。當時還不是叫「大師（maestro）」而是叫「侍酒師（sommelier）」，不過把起源於墨西哥的酒名冠在法語的 sommelier 上也有點怪，所以後來便改稱為 maestro。

很多人會誤以為龍舌蘭酒的原料是仙人掌，其實不是的：龍舌蘭酒（tequila）是從一種叫龍舌蘭的植物製造的，這種植物長得有點像蘆薈的頭目。把龍舌蘭剝光、打碎、蒸煮、發酵之後，使用銅製蒸餾器進行數次蒸餾，得出的原液加水便是龍舌蘭酒。「tequila」這稱呼是來自其產地，本來在墨西哥用龍舌蘭製造的酒稱作「梅斯卡爾酒（mezcal）」，其中哈利斯科州（Jalisco）又以Valles地區的特基拉村（Tequila）生產的「梅斯卡爾酒」特別美味，曾幾何時人們便開始習慣用村子的名稱來稱呼這種酒類了。這就像白蘭地之於干邑（Cognac），或是氣泡酒之於香檳（Champagne），是一樣的道理。

談到誤會，許多人也常會誤會龍舌蘭酒的喝法。由於龍舌蘭酒起源於拉丁美洲，大家總以為應該要用shot酒杯倒滿，再男子氣概地一口氣乾掉，但其實非也。有品味的酒吧在點龍舌蘭酒時，會斟在像白蘭地酒杯或香檳酒杯那種細長的玻璃杯裡端出。紳士淑女們一邊享受著像是「嗯，這酒把洛斯阿圖斯地區（Los Altos）的特色發揮得恰到好處」、「比起Blanco，餐後果然還是適合喝厚實的Añejo搭配雪茄呢」，或是「你說得對，我覺得身體漸漸熱起來了呢」、「我今天不想回家」這類優雅的談話，一邊緩慢地小啜。當然，也是會有些對自身體態似乎頗有自信的善男信女，穿著強調身體曲線的服裝，或是一副近乎全裸的打扮，邊白痴般地大叫「¡Salud（乾杯）! ¡Salud!」邊仰頭乾杯。我感覺自己似乎看得出他們的憂傷，卻也沒理由插嘴多話。

此外，說到搭配龍舌蘭酒的料理，大家總會先想到具有濃烈香料味的墨西哥夾餅（Taco），但這也值得重新思考。龍舌蘭酒按其陳年時間，可分為Blanco、Reposado、Añejo三個階段，其中未放入橡木桶陳年的Blanco和生魚片也是很搭的。再來就是水果了，鳳梨和龍舌蘭酒，其滋味堪稱絕配。

對了，說到鳳梨，我們臺灣有個特產叫做鳳梨酥，這是一種包著鳳梨果醬的小酥餅。前些日子我們在家裡喝龍舌蘭酒時，妻子突然受到了天啟：把鳳梨酥滴上辣醬，說不定會很搭龍舌蘭酒？剛好家裡有朋友送的鳳梨酥，我們便趕緊一試，想不到真的極為美味！這樣的搭配，就像生火腿加哈密瓜一樣，恐怕會惹來一些非議，但我是大大地愛上了。辣醬用Marie Sharp's就對了。

¡Salud（乾杯）！

我雖然喜歡龍舌蘭酒，對於龍舌蘭族（Tequila People）（註10）這些人卻稱不上喜

10 指在夜店裡痛飲龍舌蘭酒大聲吵鬧的年輕人。

歡，甚至該說是有些怕他們。

喝酒是有形象的，這的確是酒的一種面向。視當天心情決定要喝什麼酒，是大人才能享受的樂趣。電影或小說裡，酒是一種和音樂同等重要的小道具。紐約名媛群集的夜店中，女性們就適合喝時髦性感的雞尾酒。多虧了《慾望城市》影集，Cosmopolitan這款調酒暴紅，但若影集裡用的是黑霧島這種日本燒酒，那又成什麼樣呢？滿臉鬍鬚的槍手在決鬥前喝的酒，當然不能是Cassis柳橙調酒。潛伏在濃霧深重的倫敦裡的女間諜，包包裡裝的便該是手槍與琴酒。黑道兄弟拜把子，喝的酒當然不能是梅酒加氣泡水。

龍舌蘭酒也一樣。或許世間的人們對龍舌蘭酒的印象，就是要舔鹽、啃萊姆，然後倒滿一個shot酒杯後一口氣乾掉。我必須聲明，在正式的龍舌蘭酒吧裡，才沒有人會搞那種白痴喝法。

本來喝龍舌蘭酒要舔鹽巴，是因為以前的龍舌蘭酒太苦，舔鹽是為了讓苦酒喝起來能稍微有點甜味而出現的先人智慧，這和西瓜撒鹽是一樣的道理。然而今天純正的「100% Agave」龍舌蘭酒本身甜味就已足夠，根本不需要鹽巴。且這酒價格還頗貴，最好還是仔細玩味。有品味的酒吧會把龍舌蘭酒斟在狀似白蘭地酒杯或香檳酒杯的龍舌蘭酒杯中端出，裝在shot酒杯中一口氣乾掉，實在是愚蠢至極。

偶爾有龍舌蘭酒的活動，便常會看到一堆穿著暴露的女生群聚而來，彷彿這是她們人生的隆重舞臺。另一方面也會有許多體格健壯的男人跑來想追這些女生。然後他們便大吼大叫著「¡Salud！¡Salud！」，一杯又一杯地乾，最後醉得醜態百出。

可惡，看起來好開心啊！

如果我也是個肌肉發達的猛男，為了追那些穿著暴露的女生，要我做什麼我大概都願意。用shot酒杯乾杯？來呀誰怕誰，烏龜怕鐵鎚蟑螂怕拖鞋！

不過我畢竟討厭人多的地方，且也已經不年輕了，龍舌蘭酒還是裝在白蘭地酒杯裡，一小口一小口地啜比較符合我的個性。所幸龍舌蘭這種酒，這樣喝也美味。

龍舌蘭！

Hola Amigos（哈囉，朋友們）！我是「El patron Higashiyama（東山老大）」。前些

日子我長年的心願終於夙願得償，得以踏上墨西哥的土地。

二〇一一年夏天我成為龍舌蘭大師（Tequila Maestro）後，便到處向人宣傳我喜歡龍舌蘭酒，若有講解龍舌蘭酒的機會我也絕不放過，總要口若懸河地長篇大論，直到周圍的人哭著求我別再講了，方才休止。這樣勤懇的努力奏了效，位於哈利斯科州（Jalisco）上阿托托尼爾科（Atotonilco El Alto）的一間蒸餾廠，終於招待我前去墨西哥。

老實說，對方其實也不是因為聽說我考上了龍舌蘭大師資格後，就特地跑來邀請我，是因為製造 Patrón 這款高級龍舌蘭酒的蒸餾廠錢賺太多就蓋了一座飯店，於是便拜託日本的代理商幫忙找人宣傳，而代理商隨便找了幾個好事之徒，我就名列其中。

如此，我便從成田機場出發，搭了十三個小時的飛機前往墨西哥城，再轉搭國內航班飛到哈利斯科州，接著在那裡搭上專用接駁巴士，搖搖晃晃了兩個小時後終於抵達了 Hacienda Patrón。

我們僅在當地待兩天，急行軍般的行程中，我一如往常讀小說解悶。路上讀的是岸本佐知子編譯的《住起來不舒服的房間》，這是一部奇妙萬分、無以名狀的短篇小說集，其中 Luis Alberto Urrea 這位作家的小說〈Chametla〉令我印象非常深刻。小說描寫一個在戰爭中被擊中頭部，頭蓋骨開了個洞的男人的故事，男人的記憶化作實體，從那個洞流淌而出，記憶中有血有肉，便有鳥兒飛過來把記憶吃掉。寫下這種荒誕不經的小說的，果然也是位墨西哥裔作家。

當我們終於順利在飯店下榻時，我已經筋疲力盡、累至骨髓了。長時間久坐令我腰痠背疼，一雙眼睛看來活像是個殺人魔。由於時差的緣故，我晚上也沒怎麼睡好，反而是白天不時便被睡魔侵襲。但這些都是微不足道的小事。初次參觀蒸餾廠，以及攤在紅色土壤上的巨大龍舌蘭田，不禁使我看得瞠目結舌。田裡有著與紅土同樣顏色的蚱蜢，在那邊蹦蹦直跳。天氣好得沒話說，雖然早晚較涼，但白天熱得會冒汗。在飯店的豪華酒吧裡，我痛快暢飲了日本喝不太到的龍舌蘭酒。在當地喝龍舌蘭酒，便覺滋味頗為特別，墨西哥的養分滲入我的五臟六腑，使我陶醉。

旅途中也有了特別的邂逅。回程轉搭的航班延誤，我不得已必須在墨西哥城住上一晚。我和幾位日本貿易公司員工一起向當地航空公司爭取賠償，因而臭味相投。所謂轉禍為福就是這道理，隔天我便心情煥然一新，與萍水相逢的友人們四處遊山玩水，闊氣旅行。

真理不見得在什麼遙遠的地方。不管是遠是近，或許追求真理的旅途本身，就是真理之所在。我對墨西哥沒什麼了解，只知道酒很好喝，而文學飄盪著死亡的氣味。若現在我的腦上開了個洞，會流出來的大概便是龍舌蘭酒、墨西哥街頭樂隊，以及生性老實的貿易公司員工吧。這就是我的墨西哥式的真理。

啤酒與杜斯妥也夫斯基

由於我太常向大家宣傳我喜歡龍舌蘭酒了，因此或許有許多人以為東山那傢伙除了喝龍舌蘭酒之外就沒有別的能耐了。

的確我很常喝龍舌蘭酒，懂得也算多。但若被問到最常喝什麼酒，不管誰說什麼，答案都是啤酒。只是，就算對大家宣稱自己喜歡啤酒，大家也不會覺得有什麼新奇，頂多冷淡地反應道：喔是喔，不過我看你的肚子也沒多凸出嘛。

萬事萬物皆是如此，啤酒亦然：要討他人歡心，果然還是需要不少知識的。若光是被問到「喜歡喝什麼樣的啤酒」就回答不出來，這算哪門子喜歡啤酒。只要說些類似「這個嘛，最常喝的大概還是IPA（India Pale Ale的簡稱，從前的英國人搬運啤酒至印度時，為了不讓啤酒變質，便丟了很多啤酒花進去，最後釀成一種味苦而香氣醇厚的艾爾啤酒）吧」或「皮爾森啤酒不會干擾用餐味覺，這點不錯，不過說起香氣，還是小麥啤酒好」之類的臺詞，聽起來就像是啤酒達人。若能不忘加句「啤酒花還是銀河啤酒花好對吧」，那麼你不是被欽佩萬分，就是會遭人厭惡，兩者必得其一。

日本近來的精釀啤酒也不輸給外國。福岡市公所廣場每年都會舉辦九州啤酒節，這是一個看出日本精釀啤酒實力的好機會。十月也會在冷泉公園舉辦德國啤酒祭典「十月節（Oktoberfest）」。與許多強勁的德國啤酒並列，日本的微釀酒廠每年也都有不錯的表現。十月節裡喝的當然主要還是德國啤酒，但若你是個講究的喝貨，一定要喝喝看「大山G啤酒」，味道不輸德國啤酒，價格又便宜。近年「海軍麥酒」這款小麥啤酒做得也不錯，他們每年都會來擺攤，希望今年也會來。

寫到這邊，大家大概也知道我是個重度的啤酒宅了。注定啤酒命的我最推薦的，還是蘇格蘭的釀造廠，BrewDog 酒廠所做的 PUNK IPA。東京六本木有其直營店，但在我們福岡也是有店家能喝到的。店名我在這邊就不寫了，這是網路時代，只要稍微孤狗一下，相信大家立刻就能找到。

我最近覺得，啤酒其實有點像杜斯妥也夫斯基，只要用說出「杜斯妥也夫斯基的文字相當厚實」的口吻，說出「嗯，果然比起下面發酵的拉格啤酒，上面發酵的艾爾啤酒就是比較厚實」就行了。反正杜斯妥也夫斯基根本沒人在讀，而大部分的人根本也分不清什麼拉格啤酒或是艾爾啤酒的。

啤酒這東西，好喝就行了。不過，嗯，說不定這些知識還是能夠吸引到一些美女嘛不是？

難吃而美味的食物

二〇一七年一月底，久留米的麵包老店「木村屋」結束營業了。

在這邊向不知道木村屋的讀者們稍微說明一下：木村屋是受到東京木村屋總本店的許可而開的分號，在福岡縣久留米市與佐賀縣鳥栖市共有十五家店鋪，為當地麵包店霸主。

不過說老實話，我其實沒受到什麼衝擊。雖然我在筑後地區居住已經二十年以上，但我既沒吃過木村屋那空有熱狗之名，卻僅包著高麗菜的主力商品「熱狗」，也沒吃過久留米人那愛不釋手的，長得像哈密瓜麵包的「丸味」麵包，所以也沒什麼特別情感。對於木村屋結束營業，我也只抱持著「這就是資本主義弱肉強食的競爭結果」之類的感想，而輕易地接受了事實。

但我周遭受到的震撼可不得了。平時我除了寫小說外也在大學教課，久留米出身的同事聽到結束營業的消息立刻就打電話給父母，叫他們即刻去買那怎麼看都不像熱狗的所謂「熱狗」。高中在久留米就讀的老婆平時還有些看不起那個「熱狗」，一聽到結束營業的消息後竟也開始坐立難安，恍惚想念起那筑後版的「熱狗」。本篇散文連載時負責我這專欄的西日本新聞報社記者也和久留米有些緣分，我曾目擊到他大量採購那怎麼看都不大好吃的「熱狗」。

到底為什麼反應會這麼不同？

答案很簡單：木村屋的「熱狗」正是他們的靈魂食物。正因為是靈魂食物，像我這種食物並未滲透至靈魂深處的局外人，是無法理解他們的失落與悲傷的。但我可以想像，或許那就像是親眼看著長年住慣了的房屋被拆除的感覺一樣吧。

話說以前我去長崎時，許多當地人都對我談起一家福山雅治很常造訪的拉麵店。我立刻便明白，那種店的拉麵不可能好吃。而實際上，當我詫異的問「那間店有那麼好吃嗎？」時，大家都語帶含糊地回答：「這個嘛，味道就，嗯。」這也是理所當然的反應，因為福山雅治在那間店品嘗的並不是拉麵的滋味，而是他自己青春的回憶。

青春時代比起滋味，更重要的是便宜與份量。我也有過類似經驗，從前總白痴般地光找那些便宜又大碗的東西吃。比如說某間店的大阪燒，唉，我超常去吃的，但其實味道根本就不怎麼樣！有次我走進店裡，發現是我一位暴走族的朋友在那邊心不在焉地烤著大阪燒，說老實話，那種東西怎麼可能會好吃？

然而若是事關靈魂，情況可就不同了。那間難吃的大阪燒店現在仍待在它該在的地方，每當我走過店門口，我便會想起自己的高中時代。我戴著眼鏡，頭髮抓成刺蝟頭，披著灰色長外套，穿著黑色牛仔褲和紅色Converse，坐在那邊吃大阪燒。味道怎樣都不重要。我一邊狼吞虎嚥地啃著麵粉過多而口感沉重的大阪燒，一邊想著女孩子、機車，與音樂。

即使難吃依舊美味——不，正因為難吃才更惹人憐愛，所謂靈魂食物就是這樣的。

那一天的秋刀魚

在臺灣出生的我，是在五歲那年移居日本的，當時還在廣島大學研究所唸書的父母把我接過去同住。在此之前，我都寄住在臺北的外公家中，度過了幸福的童年。

臺灣的省籍族群大致可分為本省人與外省人，本省人是從十八世紀便生活在臺灣的人們，而外省人則是跟著在國共內戰中打輸的蔣介石一起撤退來臺的軍人及其家眷。概括地講，本省人較為親日，而外省人則否。在大陸打仗打輸後撤退來臺的外省人們舉止跋扈，讓本省人頗為感冒，因此本省人較有懷念日治時代的傾向。

在外省人家庭中長大的我，身邊沒什麼人肯說日本的好話。在我即將被接去日本住時，大家也總強調日本人的可怕之處來嚇唬年幼的我。那些日本人哪，他們會生吃魚欸！我聽了嚇得幾乎昏倒。而且他們還喜歡把活著的魚肉一片一片切下來，切得薄薄的，魚的嘴巴還在一張一闔，他們就拿筷子去夾肉來吃欸！

本來便不大喜歡吃魚的我，或許便是在此時決定性地討厭起了魚。來到日本之後，有很長一段時間我也都不吃魚。當然學校營養午餐如果有魚，我也只能捏起鼻子塞進口中，緊閉雙眼和著牛奶一同吞下。

我終於變得敢吃魚，是三十歲之後的事。有天我在啤酒的電視廣告上看到烤秋刀魚，味蕾竟意外地受到了刺激。我立刻便跑到附近的超市，抓了一位根本不認識的陌生大嬸討教秋刀魚的烤法。接著我買下了廣告裡出現的啤酒、烤網，以及一尾肥美的秋刀魚，回到家後二話不說便烤了來吃。

那時秋刀魚的滋味，真是忘也忘不了。對我而言，那便是秋刀魚終於正式成為秋季代表性滋味的瞬間。

走吧，魚類的門扉已大大敞開！

在那之前就有許多人對我說過，不吃魚是人生一大損失；而終於品嘗到秋刀魚美味的我，從那之後便開始勢如破竹地大啖魚肉。甚至連曾那樣令我害怕的生魚片，我都鼓起了勇氣挑戰。現在我仍不覺得所有的魚類都很好吃，但只要做成生魚片，我就大致都敢吃，壽司我也打從心底覺得美味了。曾經不敢吃的燉魚，現在有些也敢吃了。我也吃過各式各樣的烤魚，但說實話，我還沒遇到過哪一種魚類，其滋味是能與秋刀魚匹敵的。

秋刀魚這東西真的是了不得，對此，我只有滿心的感激。

毒品禮讚

近來毒品醜聞接二連三，若談起受到毒品汙染的前職棒選手、演員、政客、音樂家，大家心中大概立刻都能浮現出好幾個面孔。

毒品並不像一般人所想像的那樣遙遠的存在。以前曾有人從看守所內寄粉絲信給我，而那位寄信人的周遭似乎也有許多毒品肆虐。毒品現在甚至已將魔爪伸向小學生。二〇一五年十一月，有個京都府的小學六年級學生告白自己曾吸過大麻，應該有不少人仍記憶猶新。

幾年前，我受到某間大學的委託，寫了一篇反毒散文，這是因為該大學有人不知道是因為持有還是施打毒品而遭到逮捕，所以校方必須對學生進行啟發活動。我覺得自己那篇文章寫得還不錯，不知道為什麼卻被退稿了。直到現在我仍不明白，那篇文章到底那裡不好。

不，這種無聊的謊還是別說了。為什麼大學高層會對我那篇文章面有難色，其實我心中也有個底。雖然我覺得自己已經算是語氣鏗鏘地反毒了，但或許這樣還是不夠的吧。

以下便是那篇被退稿的文章幾乎完整的全文。有些地方涉及具體的大學名稱，我便割愛了。

在某種意義上，毒品的確很酷炫。在大學的宣傳刊物上這樣寫似乎頗不得體，但未知的事物就是有其魅力。有些我所敬愛的人，也多少都用過毒品。滾石樂團、吉米・亨德里克斯（Jimi Hendrix）、珍妮絲・賈普林（Janis Joplin），若要細細數來可是沒完沒了。《崩之戀》（Sid and Nancy）是部描繪席德・維瑟斯（Sid Vicious）吸毒吸到死的電影，大學時我看了這部電影，認真覺得沒吸過毒根本別想談論搖滾。作家也是不勝枚舉。「垮世代」（Beat Generation）的大傑作，傑克・凱魯亞克（Jack Kerouac）的《旅途上》（On the Road）裡，主角開著車奔馳整個美國，並且到處吸毒。威廉・柏洛茲（William Burroughs）是男同性戀者，毒品上癮，甚至殺過人。只要讀過這些作家的書，有過震撼靈魂的經驗，大概便無法完全否定毒品這東西。

毒品並不等於毀滅，而是會豢養毀滅的意志。偉大的音樂家與作家們，本身便都具有毀滅的意志，正是為了逃離那樣的意志，他們才能創作出偉大的作品。但你們不同。所以當你們想染指毒品前，請捫心自問：為什麼會需要這東西？毀滅的意志一旦茁壯，便再也無可挽回了，若沒有將之昇華成為藝術的手段，那麼這種意志所邁向的，便只有悽慘的毀滅而已。所以，別想裝酷了。沒有人適合吸毒，正如沒有人適合穿皮長褲。

各位聰慧的讀者讀了這篇文章後若是覺得：可惡東山這傢伙竟敢禮讚毒品，那麼或許我便必須從根本上懷疑自己做為作家的才華了。

而實際上，我的文筆究竟如何呢？一直以來我都不斷寫著酷似毒品的小說，每次出書，我都感覺自己彷彿是把名為故事的毒品注入了讀者的血管之中，真正爽快非常。只不過到目前為止，這毒品似乎還沒多少人成癮就是了。

麵包與詩集

文明毀滅了。

大都會的高樓大廈已被碎屍萬段，慘不忍睹，鐵塔如麥芽糖般軟趴趴地融化，瓦礫四散的柏油路上，數道斷層橫爬而過，汽車傾倒，房屋崩塌。即便到了郊區情況也沒什麼不同，極目遠眺只望得見燒焦的田壤，魚隻曾舒適嬉戲遊玩的潺潺流水早已蒸發殆盡。僥倖存活的人們爭先恐後地拋棄理性，為了生存而擄掠搶奪，若有必要（有時則只是受到狂暴的空虛所驅動）也會進行殺戮。

世界毀滅之日，我剛好在一座山丘上的圖書館查資料。這是一個幾乎所有資料都能在網路入手的時代，因此當命運時刻逼近之時，圖書館裡並沒有多少人。猛地一陣地鳴之後，建築物劇烈搖晃，書架上的書驟雨般紛紛墜下，人們被那除了神怒之外無以名之的衝擊徹底打垮。我用盡方法爬出圖書館，從小丘上可以眺望遭到火焰包圍肆虐的城市。

我們所剩下的，只有數千數萬的故事，我們必須利用這些故事設法生存下去。雖然我對書本並不很了解，但畢竟算是個作家，於是便被推舉為領袖。

一片混亂之中，我揹著書本下山，希望能用故事換到些許食物和飲水。然而在現實世界已遠遠超越想像力的狀況下，沒有人需要這些古老的故事。我們走投無路，只好低著頭回到了事先決定好的廣場，開始思考我們能拿這些故事做什麼。我們能做的事並不多。我沒多想，便拿起了一本書，心不在焉地出聲朗讀。那是一篇關於真實的詩篇。大家仍一語不發，我闔上書本，茫然佇立。

那是策蘭（Celan）的詩吧？突然有人向我們搭話，我們嚇得肝膽俱裂。那是一個半老的男性，他的眼鏡鏡片上爬著裂紋，一雙眼睛卻散發著尚未失卻的強烈光芒。我這裡有片麵包。他說。你看怎麼樣呢，我把這麵包給你，你願不願意把那本書賣給我？

——我曾有過如此空想。

第五章

為什麼我們沒能得到這年紀該有的尊敬？

使人忘卻年老的事物

最不想增加的東西，就是歲數。

雖然歲數的確使我人生經驗增加，懂得了一些道理，也學會了適時放棄，多虧如此，情緒也較少劇烈起伏了。然而每當看到鏡中的自己，總會厭煩地想著：到底這張臉要枯槁到什麼程度才滿足？

若單純從經濟法則來看，事物的價值取決於供需的均衡，需求大於供給價值便會上升，反過來供給大於需求，價值當然就會下降。在即將到來的老齡化社會之中，老人的供給肯定遠遠高過需求，也就是說老人的價值將會持續墜落至無底深淵。

我目前是四十八歲，不知道五十歲之後，人生裡是否還有什麼光明與希望在等著我？拙著《It's Only Rock'n Roll》中曾引用過下面這則美國笑話：

三歲時最重要的事，是不要尿褲子。
十歲時最重要的事，是要多交朋友。
二十歲時最重要的事，是要有好的性生活。
三十歲時最重要的事，是要多賺錢。
四十歲時最重要的事，是要多賺錢。
五十歲時最重要的事，是要有好的性生活。
六十歲時最重要的事，是要多交朋友。
七十歲時最重要的事，是不要尿褲子。

這笑話真是令人心生慘澹。年老真是可怕，就連秦始皇也為了追求長生不老，煉水銀丹藥來服用，卻反而加速了自己的死期。

很可惜地，沒有任何一種方法能有效使人停止老化，不過倒是有方法能使人忘卻年老。《論語》裡就有下面這則故事。

有天，楚葉公詢問孔子的弟子子路，孔子的為人如何，子路無法立刻回答。後來孔子知道這件事了，便對子路說：「你怎麼不告訴他，孔子喜歡做學問，若有不明白的事物便專心研究而忘了吃飯，若解開了疑惑就非常開心，而把先前的煩憂都忘卻了，如此熱心於學問，甚至沒意識到年老即將到來。」

沒錯，若有什麼能夠專心一意直至廢寢忘食的事物，那麼至少能讓人不必在生活中害怕年老的跫音。在這層意義上，我真慶幸自己成為了作家。我已持續寫作十年以上，現在仍相當熱中於書寫。

不管五十歲或六十歲，我都要繼續書寫那些對我而言重要的小說，不斷創作出能慰藉自己的作品。書寫這項行為，今後想必會對我發揮更大的救贖作用。只要我還在堆砌並串聯文字，我就永遠不會年老。

如果哪天我真寫到心滿意足了，因而自然地放下了筆，那便證明我已經得到幸福，一顆心已經足夠寧靜到不再需要書寫了。我的年老，或許便從彼時開始。

假牙與響板

我終於滿四十八歲，開始了邁向五十歲的倒數計時。明明內心還是個二十幾歲的年輕人，但每當看到鏡子裡那不斷老化的自己，我都相當恐懼，甚至到了覺得人生頗為可笑的地步。

身體總會抓準各種機會給出老化的信號，其中，老花眼這東西真是讓我吃不消。有個老笑話講述一個禿頭大叔大嚷著自己的眼鏡不見了，但那眼鏡其實卻掛在那顆禿頭的頭頂上。年輕的時候我實在無法理解這笑話好笑在哪，只覺得這是那種糊里糊塗的大叔常搞出的陳腔濫調的笑話。而且我根本無法理解，到底笑話裡的大叔為什麼要把眼鏡推到頭頂。

我從小學時代就是個嚴重的近視眼，眼鏡已成了身體的一部分。若說我為什麼會近視那麼嚴重，那是因為有段時間我迷上了邊泡澡邊看漫畫。我自以為優雅，也不聽父母的勸，常常帶著漫畫走進浴室，一邊泡澡一邊耽溺閱讀，於是便導致我的視力如落雁之勢不斷直落。視力這東西一旦開始下降，直到青春期結束都會持續惡化。我也是如此，我的視力一直持續惡化，到高中時期才終於安定下來，之後我便一直配戴相同度數的眼鏡，生活中也沒有什麼不便。

然而幾年前，當我在閱讀文庫本時，我注意到視野裡出現了一個字左右的白色空缺。我慌張地跑到眼科就醫，做了眼底檢查，發現是視網膜出現了裂縫，還有個叫「老年性黃斑部病變」這種令人不悅的病名（後來才發現其實並非如此），我的老花眼大概就是從那時開始的。日常生活裡沒什麼太大的不便，但每當要閱讀書本或稿件時，文字總會模糊暈開。特別是到了晚上，情況便更加明顯，這真讓我傷透腦筋。長久以來我都維持著白天寫作、晚上閱讀的習慣，終於我也因為年老，而到了不得不改變生活習慣的局面了，一思及此，便不禁心中慘澹。

所以當我發現只要把近視眼鏡拿下，就可以閱讀較小的文字時，那對我而言真的是晴天霹靂。明明我是因為看不清楚東西才戴的眼鏡，現在卻是把眼鏡拿下來會看得比較清楚，這到底是在開什麼玩笑？嗚呼，原來禿頭大叔把眼鏡推到頭上，是有其原因的！

世上有許多事，是不到一定歲數便無法理解的。年輕時我對許多事物抱持著模糊的不安，等到這些事真的成為現實了，我才發現，其實還是意外地有方法應對的。從前我曾害怕婚姻、害怕生小孩，而現在我真的非常高興自己身邊有妻子與小孩的陪伴。而我最近害怕的，便是假牙與成人用紙尿褲，但說不定其實這些東西也無足為懼，等到真用上這些東西時，大概也會有新的發現與喜悅吧。比如說，或許能邂逅那種把假牙當響板敲的快活的民族音樂。像這種令人興奮的體驗，說不定正在前方等著我，誰又說得準呢？

為什麼我們沒能得到這年紀該有的尊敬？

二〇一七年我首次挑戰划艇，由於實在太好玩，於是二〇一八年我又偕同友人，興匆匆地出門去了。

這次的地點和上次相同，是在宮崎縣延岡市的北川。那天上午我結束在大學的監考工作後，便回到家中準備齊全。下午兩點半友人開車來載我，我們興高采烈地駛上了大分高速公路。我是那種徒有駕照卻沒開過車的人，因此駕駛全靠朋友，多虧了有朋友開車，我才能全心全意地享受車窗外流淌而過的夏日風景。群山青翠，暖日和煦，雖然那天福岡也是酷暑，但我們中途停靠的別府休息站卻頗為涼爽，明明離家還沒多遠，卻格外有種感慨，彷彿真的來到了很遙遠的地方。

傍晚我們投宿延岡的旅店後，當然便想著要吃些美味的當地料理。我沒有智慧型手機，所以找店的工作也仰賴友人。他找到一家地雞炭火燒的當地食堂，我們一杯又一杯痛飲著冰涼的啤酒，吃著美味的煙燻地雞，為隔天的活動養精蓄銳。

隔天下著小雨，我心想，或許這樣才涼爽，反而適合划艇。但當我們前往指定地點和導遊會面時，導遊卻說今天河川水位漲得太高，太過危險，划艇還是取消比較好。沒錯，就是那個可恨的雲雀颱風害的！但任憑再怎麼怨恨天氣，都只是朝天吐唾沫般於事無補，我和友人只得再次上車，垂頭喪氣地打道回府。

原先滿心期待要划艇卻撲了個空，這使我相當失落，再加上狹窄的車內就只坐著我們兩個邋遢的大叔。在這種時候，相信各位聰明讀者也猜到了：我們的話匣子一打開就合不起來了。

我們天南地北地聊，話題瞬息萬變，後來不知道是誰提出了個疑問：為什麼我們沒能得到這年紀該有的尊敬？我是個作家，而朋友是稅理士，但為什麼我們似乎總被社會瞧不起？關於這個問題，我的朋友倒有一家之言，就結論來講，那是因為我們身上沒有名牌商品。

我朋友喜歡旅行，卻常感嘆著不管走到哪裡，似乎都有被人輕視的傾向。有天他偶然翻閱一本旅行雜誌，上面寫著「只要戴著好包包就不會被輕視」諸如此類的話。我朋友個性老實，雖然半信半疑，卻也趕緊出門衝到LV的店鋪去買了一個背包。之後他背著那個背包出門旅行，竟就受到了頗為殷勤的款待！

「真的假的？」

「真的啦，所以我就又買了一個LV包包了。」

其實我和朋友對名牌商品一點興趣也沒有，但首次見面的人或許看重的就是這些地方，至少名牌能成為某種判斷依據。不過同樣是名牌商品，有的會設計得相當浮誇，彷彿怕你不知道那是名牌一樣，有的則否。如果真的非買名牌不可，我會覺得後者比較有魅力。

但這樣就沒意義了。不管我再怎麼覺得那東西品味差勁，或許都該買那種一目瞭然的名牌商品才好。很愚蠢，但這世界就是這樣的。所以若有天你看到我渾身穿著不堪入目的名牌服飾，那絕不是因為我覺得這樣很酷炫，是別有目的的。

人生的選項

東山彰良我呢，這個月（二〇一八年九月）終於滿五十歲了。驀然回首，自己還真是走到了個好遠的地方來。

滿二十歲時，我心中比起不安，更多的是期待。明明還只是個乳臭未乾的死小孩，卻自以為已經是大人了，以為只要自己想要，未來任何事物都能入手。只要有曝屍荒野的覺悟，甚至可以拋下一切出門旅行。雖然都只是些幼稚的空想，但那想法卻相當棒。

滿三十歲時我相當焦慮。明明就什麼事都還做不好，生活也沒個保障，卻總妄想著做大事。可悲的是，所謂大事究竟是什麼，我卻壓根沒個主意。我也不懂得努力，只成天想著：自己的人生絕對不會只有如此。我為龐大的焦躁感所苦，感到全身幾乎爆炸，因而開始寫小說，正是這個時期的事。

滿四十歲時，我該做的事只剩下兩件：養家，以及寫小說。我終於找到和自身的焦躁感和平共處的方式。那時的焦躁感，並不像那種終會放晴的大雨，反而正是我的人生本身，是驅使我活下去的事物的原貌。看清了這件事後，我開始被此前所無法理解的小說與音樂撼動靈魂。正是此時，我徹底臣服於賈西亞・馬奎斯的作品，同時感同身受地聽起了所有的藍調音樂。

終於，我在今年九月滿了五十歲，若按孔子所說，也差不多到了該知天命的年紀了，但那種東西我十年前就知道了。如今我視力衰退，容易疲倦，罹患臉部神經痛，性格也變得保守，除了自己現在所在的地方之外哪裡也去不了。今後不管我再怎麼想成為藍調人，大概也沒有哪位惡魔會吃飽沒事跑來找我交易。我所能做的，就只是把自己現在在做的事，緩慢而持久地做下去而已。

但，這樣也就夠了。

佛說欲望為諸苦之根源，然而我最大的欲望，與十年前卻並無不同：家庭與小說。這兩樣事物總使我頭疼，同時也是我幸福的根源。我歲數增長，腹肚凸出，每天早晨總如小鳥般早起，小便的勢頭也減弱了，但卻比以前輕鬆不少。我想，年輕時的選項是太多了些。不對，其實選項並沒多少，但卻自以為人生有著無限的選項，所以才會迷惘，會害怕歲數漸長導致那些選項一個一個破滅消失。而現在的我並沒多少選項了。應該說，有些本來就不存在的選項，終於不會繼續在我眼前招搖閃爍了。

選項這東西，就像街頭看到的美女一樣，她們奢華美麗，渾身散發著令人陶醉的香氣，卻是如此難以接近。你可以試著搭話，也可以不要。若你想把美女追到手，就只能鼓起勇氣前去搭話了。當然你也有可能悽慘地失敗，但若你還在原地扭捏而猶豫不決，那就證明了你現在想做的事，對你而言並非唯一的選項。對我而言，「不寫小說」這個選項是不存在的。對於書寫，我抱有著毫無根據的信心。幸運地，我成為了作家。我沒能成為其他種類的人，真的是太好了。

獨眼男子的藍調

才剛進入二〇一九年沒多久，我便經歷了人生第一次住院。身體倒沒什麼不適，患部是在右眼後方，視網膜中央一個叫黃斑部的地方。

幾年前我在看書時，發現視野裡出現了一個字左右的白色空缺。由於日常生活沒什麼障礙，我也就放著不管。但最近那白色空缺卻似乎有擴大的跡象，我有些緊張便去掛了眼科，醫師診斷，這只能動手術了。病名叫做「黃斑部裂孔」。

手術要用三根約牙籤般粗的針穿刺眼球，聽了就讓人毛骨悚然。眼球被穿刺的感覺無可比擬，就好像光線被穿刺成串那樣。但若不這樣做，我的太陽遲早會墜落，並且將不再升起，留給我的只剩眼底那片白色的荒野。我只得咬牙忍耐。主刀的醫師是位老手，他一邊大聲放著七〇年代的搖滾樂，一邊拿槌子、鋸子、電鑽和焊接槍與我的眼球格鬥……至少我的感覺是這樣的。手術不到一個小時就結束了，但我已經奄奄一息。

術後的住院生活也相當痛苦。所幸恢復過程良好，也沒什麼疼痛。但畢竟對手是眼球，不怕一萬只怕萬一，我還是謹慎地預定住院治療十天。要說痛苦在哪裡，那就是完全無事可做！

這種疾病典型的治療方法，便是向眼球內注入氣體，利用氣體壓力來促進患部裂孔癒合。那種氣體比空氣還輕，所以若要讓氣體壓迫眼底，沒別的辦法，就只得成天趴著。除了上午的診療以及定時點眼藥水的時間外，我堅決採取趴睡姿勢，管他肩膀痠腰部疼，就算天空塌下來我也不打算採取趴睡以外的姿勢。對我而言，趴睡就是海克力斯的選擇。

才過兩天我就不禁哀哀叫了。這麼無聊，倒不如讓我死了算了。我甚至無聊到連有人半夜放屁都覺得好笑。剛才那屁聲有沒有聽到？像不像邁爾士・戴維斯吹的小喇叭？我乾脆放棄趴睡，偷偷讀起了書。世界上有書這種東西真是太好了。住院期間我讀了以下的書：迪米特里・維爾胡爾斯特（Dimitri Verhulst）《悲慘的日子》（The Misfortunates）、查理・布考斯基（Charles Bukowski）《莎士比亞絕不這樣做》（Shakespeare Never Did This）（當然是重讀）、多和田葉子《獻燈使》、約翰・艾文

（John Irving）《新罕布夏旅館》（上集讀到一半就出院了）。然後，我寫了一首歌。

我是個獨眼男，卻看得比你們都清楚
我是個獨眼男，卻看得比你們都清楚
如果獨眼能看到一半的靈魂，那代表靈魂在黑暗深處

我是個獨眼男，卻看得到你的悲傷
我是個獨眼男，卻看得到你的悲傷
我用獨眼看到你的悲傷，而用另一隻眼為你淚淌

惡魔奪走了我的一隻眼
惡魔奪走了我的一隻眼
那惡魔心存良善，沒奪走我的靈魂，只奪走了我的一隻眼

歌名就叫〈獨眼男子的藍調〉，旋律請套上馬迪・沃特斯（Muddy Waters）的〈Got My Mojo Workin'〉。至於我自己呢，我也不是那種惡魔看得上眼的人，靈魂和眼睛都沒被奪走。我順利恢復，提早了兩天出院。

神之運動褲

有道是歲歲年年人不同，江水一去不復返。會眷戀過往而頻繁回頭的，也只有我們人類。

萬物流轉之中最令人不悅的，果然還是歲數增加。由於我外表看來稍微年輕些，走到哪裡都會被輕視。在百貨公司店員不願意理我，在文壇則被當成小丑。不過這也是沒辦法的事，畢竟我一整年都穿著破牛仔褲和帆布鞋，絕不帶錢包，只把錢塞在口袋裡，像這樣的傢伙當然不可能贏得世間敬重。常有人說男人的臉就是履歷表，如果此話為真，那我臉上大概就寫著「酒囊飯袋」、「赤手空拳」、「窮人瞎忙」等字句。

當我想稍微讓自己看起來體面些時，我便會穿上西裝。西裝這種穿起來拘束不堪的衣服我超討厭，但隨著年紀漸長，不得已穿上身的機會也變多了。要見地位比自己高的人，或是要演講時，為了向對方表達敬意，同時不要被對方輕視，我總會穿上一套帥氣的西裝。當披鎧甲般披上了西裝之後，我總覺得自己似乎稍微膽子大了些。這正是人要衣裝佛要金裝啊。

我想，人們平時的性格，多少都會受到身上穿的衣服所影響。穿便服時的我和穿西裝時的我，光是身子直挺的程度便有所不同。若有人出了什麼洋相，便服的我或許會咒罵：「嘖，是在搞什麼鬼」，但穿西裝時或許便會展現出體恤對方的溫柔（前提是對方沒弄髒我的西裝）。如此想來，服裝這東西倒還真是不可小覷。

話說，去年我在東京日本武道館看了艾瑞克・克萊普頓（Eric Clapton）的演唱會。一九四五年生的克萊普頓已經七十一歲，年紀增長後看起來瘦削不少，但演奏仍完美而無可挑剔。許多名曲使我震撼不已，當聽到〈今夜真美好〉（Wonderful Tonight）的前奏時我幾乎感動得要落淚。那兩個小時裡，我充分享受了傳說中「慢手」（Slowhand）的魅力。多虧砸了大錢買下搖滾區門票，我不僅得以拜見克萊普頓的尊顏，連他彈吉他的手指都看得一清二楚！

然後，看見的並不只是這些而已。穿著白色長袖襯衫，上面搭著背心的克萊普頓，下半身怎麼看都只是一條運動褲！還是側面繡著白色線條的那種。畢竟是吉他之神穿的運動褲，說不定價格極為高昂，絕不可能是那種隨處就能買到的運動褲。然而在我眼中，他那件運動褲再怎麼看，都跟凌晨時分在家門口等報紙的老人穿的那種運動褲一模一樣。

也就是說，事情是這樣的：像我這種想藉由服裝來讓自己看起來體面些的想法，本身就已相當寒酸。不管身穿什麼，都應該要擁有絲毫不為所動的自信與驕傲——且讓我把這當作今後的課題。

第六章

美國是門生意！

眾所皆知，從二〇一六年參議院議員選舉開始，投票門檻年齡降到了十八歲。

牧羊人的要求

我除了寫小說之外，平時也在大學教中文，於是投票日前便在一年級的班上問了一問。班上有約三十名學生，其中舉手表示會去投票的大約是三分之一，且大部分都說會投給父母選擇的候選人。我問了其他人為什麼不去投票，絕大多數都回答「要回老家很麻煩」、「有其他事要做，打工什麼的」，一如預期，毫無新意的答案。

至於我自己呢，我當然沒去投票。我仍是臺灣國籍，在日本是沒有選舉權的。雖然我也想要投票，但這就是異鄉人的宿命，我也只能放棄。

然而對於政治，我倒也不是全無想法。每一個國家都有自己獨特的國情，但國防安全卻是各國共通的重大問題。我是個思路單純的人，對於國防問題我也以自己的方式進行簡化思考。很久以前我在書中讀過的一段故事，成了我簡化理解的根基。那故事是這樣一個寓言：

有一群羊生活著。牠們看似和平，卻也有牠們的煩惱。山的另一頭住著一隻狼，偶爾會跑來襲擊羊群，大啖羊肉，每年約有二十頭羊會因此而犧牲。羊群們討論後，決定雇用牧羊人。牧羊人非常強壯，狼若跑來襲擊，牧羊人就會以牧杖把狼給狠狠打跑。羊群高興極了，終於不用再擔心會命喪狼爪了。但事情並沒有這麼單純，牧羊人也不是吃素的。牧羊人提出了這樣的要求：我會守護你們，但你們每年要提供十頭羊來讓我吃，那十頭羊你們可以自己選。

這個寓言的教訓是：安全絕不是免費的。羊群們陷入掙扎，究竟是要雇用牧羊人，把犧牲減低到十頭羊呢，還是要把牧羊人開除，每年會有二十頭羊喪命？

若從牧羊人的立場來看，那根本沒有煩惱的必要，再怎麼想，死十頭羊都比被殺二十頭來得划算。但站在羊群的立場來看，問題就在於，那誰要去當那十頭羊？若是被狼吃掉，情況就等同於天災，不管誰被吃，都誰也不怨誰。然而雇用牧羊人，反而使得羊群之間必須產生政治鬥爭，以推舉祭品。

「這種事我無法接受！」白羊說，「那種牧羊人，趕緊開除了事。我們自己的事我們自己處理！」

「你笨啊。」黑羊反駁道，「有牧羊人在，才能把我們的犧牲減到最低啊！」

問題還不只是這樣。這牧羊人其實還會酒後亂性，有時會酒駕輾死羊隻，未來也有可能會做出更糟糕的事。

每當聽到沖繩又有美軍幹出令人憤怒的事時，我便會想起這個寓言。這問題並不是把牧羊人趕走就能解決的。我明白，連選舉權都沒有的我實在沒資格談論這個問題，不過身為一個住在日本，今後也將繼續在日本生活下去的人，這些事仍非事不關己。所以，年輕人啊！快去投票吧。

美國是門生意！

我住在福岡，有段時間曾幫當地新聞寫電影專欄，因而常泡在電影試片室中。那專欄是每週一次的連載，一年共要介紹五十二部電影。若想要嚴格挑選出五十二部，需要看的電影數量當然就是五十二的好幾倍。我那連載寫了五年半，隨便算算，每年大約看了將近兩百部新電影。

連載結束後的今天，我跑試片室的機會驟減，卻倒也沒討厭起電影。現在當然不可能像從前一般每年看一兩百部新電影，但只要有時間，我仍會到租片店去把不小心錯過的作品，或是一些舊作租回來看。《殺戮行動》這部電影便是在租片店裡發現的。

喬治．希金斯的原著小說《溫柔的殺戮》我很久前便讀過了，那是以小流氓為主角的所謂冷硬派小說，作品中和故事主線無關的流氓們的閒聊相當冗長。我仍記得讀完後我抱持的印象是：果然還是埃爾莫爾．倫納德老師，比較擅長把小流氓的閒聊寫得有聲有色。不過《殺戮行動》這部電影拍得倒是好得驚人。小流氓們的閒聊經過適度修剪，充分反映出流氓那種帶有殺伐之氣的魅力。故事與原作一樣單純明快，一群冒險心旺盛的流氓襲擊了黑手黨經營的賭場，流氓們成功搶到大把鈔票，黑手黨當然也不甘示弱。於是布萊德．彼特所飾演的殺手，Jackie Cogan 便登場了。Jackie Cogan 順利解決掉賭場強盜後，在酒吧裡領取報酬的最後一幕相當出色。對方支付的金額與原先講好的不同。把錢運來的，是名和黑手黨大老有關係的男人。酒吧的電視裡，巴拉克・歐巴馬正熱情地談論著美國這個國家的未來。Jackie Cogan 對運錢來的男人出聲恐嚇：「美國才不是什麼國家，美國只是門生意！廢話少說，快付錢！」

談起美國，現在全世界最擔心的大概就是那位唐納・川普了。他出生於富裕家庭，是第四個孩子，自身也是億萬富翁，不動產之王。也就是說，從根本上他就是個生意人。

生意的本質便是考慮損益得失，只要有利可圖便會像食人魚般蜂擁而上，若認為沒有用處了，就會無情地捨棄。唐納・川普便是在那種競相圖利、弱肉強食的商界裡稱霸的王者，管他老家再怎麼富有，能獲得今日的地位，想必還是有兩把刷子的。他肯定會基於商業理論行動，並深諳商業倫理。這樣的人成為美國總統之後，美國想必會變得更加富裕。

但美國現在已經消耗著全世界四分之一的能源了，還要更富裕嗎？

追求更好的生活是人類的本質，但美國這國家的欲望也太漫無止境，彷彿寧可死去也不願吃虧。但這也是沒辦法的事。如果美國就真的只是門生意，那麼選個最懂生意的人來當領袖，也是理所當然的。

仇恨是單純的，愛卻是複雜的

我平常沒有逛網路的興趣，但若談起音樂，事情可就不同了。出於興趣以及實用目的，我在老家福岡主持一個廣播節目，因此有空就會上網搜尋節目裡播放的歌曲。我最常使用的，還是那家世界最有名的影片網站。此時我總會深切地感受到，世界真的變得好方便，凡是我想聽的歌曲，大概都已有人上傳到網路上了。

阿爾・威森（Al Wilson）的〈蛇〉（The snake）這首歌，我在影片網站聽過一次後，便決定買下專輯。根據唱片內頁文字說明，這是一九六八年發表的靈魂樂歌曲。那為什麼我會注意到這首歌呢？這是因為前陣子我在搜尋唐納・川普的資料時，偶然發現的，川普在愛荷華演說，談到敘利亞難民時，引用了這首歌的歌詞。以下我就簡單介紹一下歌詞內容。

寒冷的冬日早晨，一個女人要出門工作時，發現了一條美麗的蛇。那蛇渾身凍僵，虛弱不已。那蛇懇求道：「心地善良的人哪，請讓我進去家裡吧。」心地善良的女人於是便把蛇帶回家，讓牠在火爐邊取暖，還給牠蜂蜜和牛奶。那蛇不久便恢復健康。「你真漂亮，」女人一邊說著，一邊撫摸那蛇，並親吻、擁抱，「如果不是我救你，你現在早就死去了喔。」但蛇非但沒有感謝，反而反咬了女人一口。「笨女人，」那蛇冷笑道，「妳早該知道我是條蛇了。」——大概就是這樣的一首歌。（註11）

我想，阿爾・威森大概是想用這首歌來比喻男女關係吧。女孩啊，男人不管外表再怎麼光鮮亮麗，終歸是蛇，所以請多留意啊——大概是這樣的意思。然而川普的曲解實在是精彩萬分，總之他想說的便是：如果美國發揮佛心接納敘利亞難民，就會像那可憐的笨女人一樣，走上悲慘的末路。

被這樣曲解，阿爾大概也死不瞑目，想必現在正在九泉之下哭泣：我唱這首歌才不是那個意思！

11　版權資訊：THE SNAKE Words by Oscar Brown Jr. Music by Oscar Brown Jr. ©Copyright EDWARD B. MARKS MUSIC CO. All rights reserved. Used by permission. Print rights for Japan administered by Yamaha Music Entertainment Holdings, Inc.

世界既不美麗，也不正直，許多不合理的事情在世間橫行無阻，我們所無法接受的事情到處都是。但即便如此，我們也沒必要放棄成為一個美麗的人、正直的人。心地溫柔的女人被蛇咬死了，她或許大意，或許愚蠢，但誰都無法否認她是個善人。川普他是這樣主張的：去你的善人，老實的人總會吃虧，大家還是保護好自己吧。這也難怪每次我看見他那張臉，總壓抑不住心中的波濤。

美國作家約翰・厄普代克在《兔子，快跑》中如此寫道：「只要沉浸在仇恨裡，就可以無所事事。人們或許會因此麻痺，但強烈的仇恨的確是一種避難所。」

這實在是真知灼見。仇恨是單純的，愛卻是複雜的。看來世界暫時必須與那單純的男人來往一段時間了。

談論自由與擁有自由

這好像不是件適合大張旗鼓宣傳的事——東山彰良我對這世上發生的事，其實沒什麼興趣。我認為，不管社會再怎麼進步，人類存在的本質並不會改變。人們喜怒哀樂表露的形式或許會因時代而有所不同，但根源之處該是一樣的。父母歡喜孩子的誕生，古今皆然；對不合理迫害的憤怒，亦是古今中外革命的原動力。

總之，不管世界變得如何，我所能做的事也不外重複著吃飽睡，睡飽吃的循環而已。管他發生什麼事，只要我能繼續吃吃睡睡，事情就沒什麼大不了。雖然沒什麼大不了，但該死的是，有時仍會發生一些事，使我心情煩躁不安。

二〇一六年四月二十五日，在孟加拉為ＬＧＢＴ（性少數）族群發行雜誌的編輯慘遭殺害，受害者 Xulhaz Mannan 與 Mahbub Tonoy 是已出櫃同性戀者，兩人為提升民眾對孟加拉諸多公共問題，以及ＬＧＢＴ族群歧視問題的意識，和同伴一起創立了《Roopbaan》雜誌。附帶一提，令人驚訝的是，在孟加拉，同性戀是會成為刑罰處罰的對象的。根據當地新聞報導，當天有約六名男子假冒快遞，以長刀砍殺了 Xulhaz Mannan 與 Mahbub Tonoy。在這個國家，世俗派或無神論寫作者受到暴力傷害或殺害的事件也頻繁發生。

話說，我非常愛看電影。

不論天晴或下雨，我總是沉浸在電影的世界裡，其中《逍遙騎士》是我相當喜歡的一部片。這部作品上映於一九六九年，正是美國「權力歸花」反戰運動盛行之時（日本於隔年一九七〇年上映），片中彼得・方達（Peter Fonda）所飾演的「美國隊長」與丹尼斯・霍柏（Dennis Hopper）所飾演的比利，騎著機車在美國各地狂奔。色彩鮮豔的影像搭配荒原狼樂團（Steppenwolf）的曲目，使我如巴夫洛夫的狗般產生條件反射，只要在路上看到哈雷機車，腦中就會響起〈Born to Be Wild〉的旋律，相反地在聽〈Born to Be Wild〉時，腦中也會浮現哈雷機車的畫面。

但這世界並沒溫柔到讓人可憑憧憬和意象活下去。兩位年輕人追求自由，催響著高亢引擎聲奔馳越過廣闊無邊的高速公路，但不論行到何處都會受到老舊價值觀的妨礙。他們與傑克・尼克遜（Jack Nicholson）所飾演的律師一同在野外露宿的場景使人印象深刻。「談論自由與擁有自由是不同的，」傑克・尼克遜說道，「美國人為了證明自己自由，甚至可以輕易殺人。對於個人的自由，大家都能口若懸河，但大家卻害怕看到真正自由的人。」

在這之後，他們睡覺時遭到鄉下人襲擊，傑克・尼克遜束手無策地被擊斃。不只如此，幾天之後，美國隊長與比利也被別的鄉下人開槍射死，電影在此落幕。

得知孟加拉的事件之後，我立刻便想起了這部電影的最後一幕。不管是二〇一六年的孟加拉，或是一九六九年的美國，不都一樣嗎？直到現在，這個世界到處都仍有許多自由被不由分說地殺害。我一邊如此思考，一邊繼續吃飽睡，睡飽吃。

巴布・狄倫的孤獨

二〇一六年十月十三日發表的諾貝爾文學獎，實在是事出意外、突如其來、晴天霹靂。當然不是因為村上春樹沒得獎這種事而感到意外，真正使我驚訝的是——沒錯，得獎者是巴布・狄倫。

我敢斷言，如我輩這般英語不甚拿手之人，永遠也無法真正理解狄倫的歌。就連長年累月經常聽狄倫歌曲的我也只粗略知道，他的靈魂深處所保有的是對西部拓荒時代的叛逆者們的憧憬，而其作風受到英國謠曲（ballad），亦即蘊含寓意的敘事歌曲所影響，如此而已。

即使如此，狄倫所寫的許多歌詞常會如銳利刀鋒一般刺入我的靈魂。《自由放任的巴布・狄倫》（The Freewheelin' Bob Dylan）這張專輯收錄了超級名曲〈答案在風中飄蕩〉（Blowin' in the Wind），其他名曲也數不勝數。〈Don't Think Twice, It's All Right〉淡淡唱出一個打算拋下女人出去旅行的男人的心情，歌詞還有點像在找藉口。其中有一段講述，男人把心給了女人，但女人要的卻是男人的靈魂。

什麼？你問我心和靈魂有什麼不同？啊啊，兩者是截然不同的啊！一個男人可以傾盡全心去愛女人，但若不聽從靈魂而活，那我們將不再是我們自己——教會我這件事的，便是這首歌。請容我自我吹捧一下，拙著《罪之終結》裡有這樣一段話，這是一個配角母親的臺詞。

女人是聽從心的生物，男人則是聽從靈魂的生物。你們要注意，這可千萬不能搞錯。（中略）男人可以把心獻給所愛的女人，但女人絕對不能綁住心愛男人的靈魂。

各位讀者大概也明白了，即便對英文不很流利的我而言，狄倫的詩篇依舊在我心中扎下了很深的根。

有本書以詩意的方式捕捉了狄倫的側顏，就是山姆・謝普（Samuel Shepard）寫的《Rolling Thunder Logbook》，這是山姆・謝普參與狄倫的巡迴演唱會「Rolling Thunder Revue」時寫下的紀錄。同行者還有跨世代詩人艾倫・金斯堡（Allen Ginsberg），光憑這點我就忍不住手癢想讀，而這的確也是一本讀了沒損失的書。

每當想到狄倫時，我總會想起一九八〇年代，以聲援非洲捐款為主旨，許多歌手齊聚一堂進行演唱的「美國援非」（USA for Africa）活動中，〈四海一家〉（We are the World）的音樂影片。在布魯斯・史普林斯汀（Bruce Springsteen）、麥可・傑克森（Michael Jackson）、辛蒂・羅波（Cyndi Lauper）等諸多名人之中，狄倫站在正中央，卻散發著壓倒性的孤獨感。

孤獨感。是的，狄倫的歌之所以溫柔，大概是因為他能肯定我們的孤獨感。我所敬愛的查理・布考斯基也曾說過：「最壞的不是孤獨，是無法挽回。」

狄倫啊，恭喜。多虧有你，我們才能活著而不怕孤獨。

第七章

光出一張嘴

作家與眼鏡

前些日子，我去做了個模特兒的工作。老家福岡的免費雜誌邀請我去代言眼鏡廣告。

一般模特兒報酬的行情是多少，我完全沒概念，但那也無所謂。我之所以接下這份工作，完全是因為抗拒不了可以免費任選一副眼鏡的誘惑。

平時我便擁有三、四副眼鏡，不同場合戴不同眼鏡，分別有搭西裝用的、搭便服用的，以及打電腦時用的等等。剛好我正想要一副可以治療老花眼的眼鏡。再說，人生會發生什麼事誰也無法預料，說不定就因為接下了這份工作，使得「說到東山彰良就想到眼鏡，說到眼鏡就想到東山彰良」這樣的形象固定，我搞不好還可以藉此撈到一個「最佳眼鏡配戴者獎」咧。

我們在發行免費雜誌的時髦辦公室裡攝影，攝影用的桌子和我平時工作用的雜亂桌子完全不同，是頗時髦的木質桌子，上面擺著同樣時髦的 Mac 筆電，我就對著筆電擺出一副一本正經的表情。攝影本身沒什麼特別值得提的，除了拍戶外照時，一坨鳥屎掉到了我手上這件事以外（這是第五次了！）。

其後，我們就回辦公室進行訪談。我是作家，而贊助商是眼鏡公司，因此採訪人當然便會想方設法把創作的辛勞與眼鏡進行連結，但這頗為困難。在我之前，眼鏡廣告的頁面也有許多赫赫有名的名人登場，也就是說，採訪人每次都必須牽強附會一番，把模特兒的職業連結到眼鏡上，可想而見這相當辛苦。演藝圈與眼鏡、職業摔角與眼鏡、日經平均指數與眼鏡……好啦，其實我並不知道這些領域的名人是不是真的有登場，我只是一邊想像，一邊慶幸還好自己不是採訪人。

不得已之下，我便提到了北方謙三寫的《水滸傳》裡的登場人物，凌振。這男人是個無人能比的大砲迷，為了打造理想的大砲，便需要理想的金屬。他為了取得理想的金屬，不惜叛離官軍，加入叛徒陣營。

「貴公司的眼鏡，也非常講究金屬鏡框。」我一邊流著冷汗，一邊瞎掰。「也就是說，不管是寫書或是製作眼鏡，根源之處那股對於創造的熱情，應該是相通的吧。」

直到搭上回程的電車，我才驀然想起棟方志功的〈腹眼鏡之柵〉這幅畫。畫中，一個裸體女人平躺著，白色腹肚上擺著一副老式圓形黑框眼鏡。這是他為了谷崎潤一郎的《鍵》所畫的插畫。《鍵》描述一個初老男性為了獲得性興奮，引誘自己的妻子接近年輕男子。妻子本來就很厭惡自己的丈夫，討厭到只要看到丈夫摘下眼鏡的臉就會打冷顫，所以妻子便將計就計，向年輕男子接近。

「對妻子郁子而言，丈夫的眼鏡代表著無可忍受的現實與真正的自己之間，所畫出的一條界線。眼鏡就是這樣具有象徵性力量的事物。」

可惡，早知道我就這樣說了！

光出一張嘴

真個是疲憊不堪，筋疲力竭。

為了宣傳新書，這一個月來我日日東奔西走，為了對談與受訪，幾乎每個禮拜都要跑東京，甚至扭曲了自己「作家不該上電視」的信念，努力克服了實在做不習慣的錄影。美國喜劇演員 Lenny Bruce 曾說過：「為取悅己身自私靈魂而行事者，必在地獄遭受火焚。」

我就承認吧，希望自己的書能多賣幾本的我的靈魂，毫無疑問是自私的。所以我也明白，這種地獄火焚般的忙碌生活，也只是自作自受。而對我來說自作自受的代表，就是演講了。

老實說，我對演講這東西實在不拿手。聽別人演講時我總是放棄與睡魔作戰，直接打起瞌睡，所以當輪到自己演講時，總會不禁同情聽眾：唉，這些聽眾想必也是遭人強迫（比如說被威脅要是不去聽東山彰良演講就要殺你全家之類的），才會心不甘情不願地跑來聽他們根本不想聽的演講。

話說回來，真的有那種很會演講的作家嗎？我們作家不論睡著或是醒著，心心念念的總是文章。我們總是不斷追索著一個能朝讀者的靈魂（不管那是不是自私的）裡打進木楢的句子，對於一段或許根本沒人能理解的話語，我們也總能來來去去思考個老半天。我們的作品便是這樣子，一如鐘乳石歷經長年累月緩慢伸長一般，漸漸地浮現出該有的輪廓。

然而，演講這東西便是要求作家：來吧，說吧，講些有益的話來聽聽。面對這種要求，我總會不知如何是好，心中大喊：就是因為不會講話才選擇寫文章的啊！演講時面對臺下注視著我的聽眾，我所能做的就是背上不斷冒冷汗，努力在下臺前約九十分鐘的時間裡，一邊忍受著聽眾充滿睡意的眼神，一邊講著自己也似懂非懂的話語，試圖蒙混過去。那不然乾脆就不要接演講不就好了？但紅塵俗世總有情面考量，人類若能只做自己喜歡的事活下去固然是最好，但這世界卻並不總是如人心意。

前些日子我在東海大學辦了場演講。不是日本的東海大學，是我父母的母校，位於臺灣臺中市的東海大學。充滿男子氣概的老父接到大學校方的演講邀請後，立刻拍胸脯保證：好的，沒問題，為了母校，我們不收錢！事已至此，我也不能欠了人情，只得說：好啦，爸，我知道了，然後收拾行李，自費朝虎口飛去。

但這倒也不完全是壞事。老實說，這趟演講之旅還頗為愉快。我獲得了一些小說的題材，吃到了好吃的東西，也得知自然景觀豐富的東海大學會有眼鏡蛇出沒，聽說前陣子就有隻可憐的狗慘遭毒牙攻擊。人生之為物，要是只講求效率、計算損益得失，那也太過無聊，有時講究人情義理，或是繞點遠路，自然便會開啟下一扇門扉。就算繞遠路繞得太過，導致無法回到本來的路，那也是自作自受了。

作家不擅長講話

身為作家，有時會感受到某種莫名其妙的壓力：大家會期待你對某件事給出意義深遠的評論。

「北韓又對日本海發射飛彈了，東山老師，這件事您怎麼看？」

「那些傢伙搞屁啊真不爽。」

這樣的回答當然不行，遠遠不及格。身為作家，果然還是得裝個架子，侃侃而談一番：「他們之所以這樣做，是為了暗示他們手中握有外交王牌，目的就是希望能在和美國的談判中多少獲得一些有利地位嘛。」

我總認為，如果一個人被問到什麼問題都能立刻給出機靈的答覆，那這個人大概根本就不會去當作家。作家是一種把自己的想法寫成文章的生意，文章總要推敲再推敲，讓許多人看過之後，才終於能夠問世。每當看到電視裡那些反應迅速、妙語如珠的藝人，我總相當佩服。我就算被倒吊起來，被用帶刺的鞭子鞭打，也絕對說不出那種有趣的話語。

但我倒也不覺得羨慕。作家的性格大抵都相當執拗，所以才能總是在一段文章上糾纏不休個沒完，連一個句點逗點都能煩惱上老半天。這就是我們所擅長的事物，我們也樂此不疲。

我之所以認為作家最好不要上電視，原因之一便在於此。一個作家坐在那麼多講話的專家之中，這作家能夠獲得注目的可能性不到萬分之一，頂多成為如食人魚般凶猛藝人們的飼料，被吃光啃淨罷了。有道是君子不近危，我還是乖乖盡好自己的本分，與孤獨為友，在狹窄而雜亂的房間裡，讓靈魂前往故事深處逍遙遨遊，這比較符合我的個性。

這樣的我，最近竟然接下了老家福岡的收音機節目主持人的工作！就是所謂的冠名節目（註12）。到底發生了什麼事？對於講話如此沒有自信的我，竟偏偏要主持單憑

12　「冠番組」，指在節目名稱上冠上出場表演者或贊助商名稱的節目。東山彰良主持的收音機節目名稱為「東山彰良 It's Only Rock'n Roll」。

講話來決勝負的收音機節目！

這代表著我對收音機的憧憬就是如此強烈。如果有過那種在一個人的深夜裡，聽著收音機打發孤獨感的經驗，大概就能理解我這種情感。我們為冷靜而略帶濕潤感的DJ嗓音著迷，聽著第一次聽的歌曲而無可抑止地悄然落淚。在這種往日的記憶之中，我常覺得，收音機裡的人總能說中這個世界的真理。

我既不擅長講話，聲音也不冷靜、不濕潤，曲目大概也會選得亂七八糟。但我還是想試試看，因為這太令人興奮了。只要想到有人會轉到我這臺，忍耐著聽我不甚拿手的談話，我便覺得自己的內心變得更加溫柔。

書寫貓小說

抱歉從私事談起：二〇一七年《全讀物》四月號刊登了我的短篇小說〈黑色的白貓〉（註13）。不只是小說，雜誌上還刊登了我和我家貓咪們的合照。

13　中文版收錄於《小小的地方》。

本來如果編輯只是邀請我「寫一篇貓小說」，或許我還沒什麼幹勁。但真不愧是文藝春秋社，他們告訴我：「我們也想把貓的照片一起刊登上去」，就這一句話，讓我二話不說接下了這份工作。恐怕其他愛貓的寫作者答應寫稿的理由，也都和我類似。好想讓自家毛小孩登上全國雜誌版面！編輯部戳中了我們的宿願，可謂策略性勝利。

這次寫貓小說的工作為我帶來了兩個小收穫。第一個是「繭蹁跳跳」，這是去年年底拍照時編輯部帶來的伴手禮，細線前端串著三個小繭，簡單來講就是枝逗貓棒。但我家毛小孩卻為此而瘋狂，玩得太過頭導致一個禮拜線就斷了。在妻子催促之下，我請求編輯部再寄一枝新的來，但這枝也沒多久就被玩得破破爛爛了。沒辦法，我只好在前往東京時順便到那家寵物店，大量採購了回來。

不過這枝逗貓棒也不是對所有貓都有效。我家養著兩隻貓，另一隻就不怎麼著迷。詢問之下，我聽說其他作家養的貓大抵都對這玩具頗為冷淡。

另一個收穫是「CIAO 啾嚕」（以下簡稱「啾嚕」），這是由「稻葉寵物食品」銷售的貓食。我明明是愛貓族，之前卻不知道這款「啾嚕」的存在。大概是編輯部把我家毛小孩和其他人的貓搞混了，我家毛小孩照片旁的說明文字裡誤寫著「一天要吃三包啾嚕當點心」。

啾嚕？什麼鬼？我上網查了查，發現文春ONLINE上高野秀行有提到這款貓食，大標題寫著：「你聽過讓貓咪們為之瘋狂的謎之食品『啾嚕』嗎？」有興趣的人可以搜尋看看，照文章所說，貓咪們超迷這款貓食，「幾乎讓人以為食品裡是不是加了什麼糟糕的東西」。談到高野先生，他寫的《謎之獨立國家索馬利蘭》及《鴉片王國潛入記》讓我讀了覺得超厲害，所以我便趕緊跑出門把這款「啾嚕」買回家。

好厲害！不是蓋的！——如果事情是這樣就好了，但，嗯……到底怎麼搞的，我家小孩根本不吃啊！不是說「就連警戒心強，人一靠近就會齜牙咧嘴嚇唬人的野貓，只要拿出啾嚕也會突然溫順下來，著迷地舔食」嗎？保險起見，我除了「啾嚕（鮪魚）」之外，又試著買了「牛奶啾嚕（雞胸肉）」，以及固體棒狀食品裡包著半固體啾嚕的「來點啾嚕（鰹魚）」，但我家毛小孩依舊泰然自若，食指動也不動一下。

也就是說，事情是這樣的：對世界（也就是別人家的貓）而言的真理，不見得對自己（家裡的小孩）而言也是真理，反之亦然。

藝術家與藝人

看到最近 Funky 加藤的雙重不倫戀情報導，我有一些感想。

每當這類醜聞被發現時，有人會開記者會，有人則不開，這到底是為什麼？如果說那是個人自由，好吧，也是。

與 Funky 加藤形成對比的，是極品下流少女主唱谷川繪音。他與女藝人 Becky 的不倫戀情爆發時，他完全沒開道歉記者會，這不禁讓人心想：你看人家 Funky 加藤都誠心誠意地道歉了，你難道沒什麼話想說嗎？不過，這或許也是因為這兩位演藝人員的型態大有不同的緣故。

Funky 加藤之所以開記者會，是因為他是藝人。藝人若做出違反道德的事，就會受到相應的責難，因為他們之所以能夠有空間活躍，必須歸功於社會的穩定。如果說日本的治安跟巴西貧民窟一樣混亂的話，那藝人的光芒將會大減。如果我們都身處於朝不保夕的狀態，那到底誰會著迷於觀看藝人表演呢？藝人必須是太平的象徵，所以

Funky 加藤在事件爆發後立刻便召開了道歉記者會，這展現了他想做為藝人，也就是做為大眾象徵活下去的決心。

極品下流少女的谷川之所以不開記者會，是因為他是藝術家。藝術家創造作品的能量與迎合大眾的能量，兩者方向是截然相反的。存在於創作根源的，是意欲打破既有道德規範的憤怒與自卑情感。不管唱的歌看起來再怎麼正向積極，使那些歌得以誕生的，仍是意欲滿足自我的迫切欲望，是一種憤怒，所以就算藝術家做出了什麼反社會的行為，也完全沒有向社會大眾道歉的必要。對川谷而言，他根本不在乎音樂以外的事物，與一兩個女人有不倫戀情也沒什麼大不了。也就是說，他根本不打算做為藝人活下去。

有許多藝術家原先在各個領域活躍，卻在不知不覺間被拉進了演藝圈，Funky 加藤大概也是其中一人。也就是說在他靈魂深處，其實也是盤踞著憤怒與焦躁的情緒的，若非如此，也無法創作出真正能打動人心的作品。

這就是他做為藝人的苦惱之處了，他必須一邊滿足自我，一邊迎合大眾。不對，應該說，既然已經決心當藝人，那麼若不被社會大眾所需要，他的自我便也無法獲得滿足。這是相當痛苦的事，畢竟一個本來只對自我有興趣的人，必須要去扮演公序良俗的象徵，假裝自己無欲無求。我懂你要說什麼，不用說了——我當然知道這種想法是種偏見，但我的確是這麼想的。

藝術家與藝人，或許只是用詞不同而已，也並不是說哪邊就比較高等。若說藝人是萬人皆愛的甜果汁，那麼藝術家就像是胡椒博士汽水。那種那麼難喝的東西我是喝不下肚的，不過世界上一定有人會愛不釋手。

不管怎樣，每當看到在記者會上低頭道歉的藝人，我總覺得心裡頗為不好受。希望他們創作出的作品不要因此而遭受貶低，因為那些作品正是他們狂騷靈魂的證明。

算盤與熱情

對作家而言，最重要的事就是寫書和出書。費盡千辛萬苦寫的小說，最後關頭卻被宣告因為種種理由而無法出版，光是想像就令人毛骨悚然。說實話，只要書能夠出版，其他事我都不在意。我真的打從心底這樣想。然而不管是再怎麼樣的小事，若突然無預警地被取消，我想也沒有人會開心。

事情的發端是二〇一六年夏天，突然有人跟我說想要把我的作品改編成舞臺劇。天下哪有那麼好的事，長久以來我被這類美事騙得多了，所以也就幾乎完全不抱期待地和對方見了面。我們隔著一張彷彿日美首腦會談般的長桌，面對面坐下，我這邊有責任編輯、行銷負責人，以及我出席，對方則是舞臺導演、製作人，以及一個從頭到尾沒說一句話的大嬸。

舞臺導演頗有藝術家氣質，恬靜的姿態讓人感到內斂的知性，我從第一眼便對他抱持了好感。製作人看來年約六十左右，是個關西人，態度頗為積極，一雙眼眸燃燒著野心的火焰，感覺不太到誠意，熱情看來卻是相當充足。我一陣猶疑，覺得自己的信念受到了考驗。想要創造出好東西，必須要有誠意與熱情，但很少有人能兩者兼備。誠意與熱情若兩者只能求其一，我認為自己應該選擇熱情。道理很簡單，一個有誠意的蒙古大夫，以及一個管他什麼誠意去死，只對賺錢擁有無限熱情的名醫，若要從中選擇一人來救我的命，我毫不考慮地會選擇後者。

話雖如此，我被背叛了這許多年總是會有些長進，我知道如何保護自己。我也不抱太大期待，只冷眼旁觀著事情的進展。不管是接到聯絡說他們已弄到享譽全國的大劇場時，或是外觀華麗的傳單寄到時，還是家喻戶曉的豪華演員名列出場清單時，我都沒有被騙。夢想這東西在實現的瞬間到來以前，要崩潰是輕而易舉的。我告訴自己：在今年七月公演首日的舞臺布幕拉開之前，絕對不能相信任何事物！

但進入新的一年之後沒多久，對方便邀請我替舞臺劇原創主題曲作詞，這時我終於迷了心竅。我花上好幾天的時間認真寫詞，或許是在這過程裡中了自我暗示，漸漸相信這次肯定會一切順利。所以當時序進入二月，對方突然單方面聯絡我說希望把一切計畫作廢時，我真的嚇了一大跳。我無可自抑地憐憫起自己的大意，我竟笨到把自己的身體交給了那位沒有誠意的名醫；然而這名醫敲了敲算盤之後，發現救我的命並賺不了多少錢。

一年過去，一年又來，我又增長了一歲，但若同樣的事情再次發生，我大概又會犯下同樣的過錯吧。畢竟擁有誠意簡單，要擁有熱情卻相當困難，所以就算對方熱情隨即冷卻，我再後悔也是於事無補。

人生並非為小說而存在

回顧過去這種行為，真的有意義嗎？晦暗的一年終於過去，充滿無限希望的新的一年才剛到來，我卻不由得想要回顧。因為我的二〇一七年，實在發生了太多事。

這是一個幾乎所有運氣都被工作吸光的一年。

我出了兩本書，幸運地拿了幾個文學獎。兼有興趣與實用目的的收音機節目也相當順利。然而除此之外，不得不說這一年簡直糟糕透頂。年初，《流》改編舞臺劇的計畫輕易便付諸流水了，此後也是厄運不斷：在墨西哥沒趕上班機，訂購的微波爐是瑕疵品，妻子的植牙手術失敗，做重訓時弄傷背部，夫妻和親子之間也是吵架頻仍。請您別認為這些都是小事，對平日便把史蒂芬・金老師的名言「人生並非為小說而存在，是小說為人生而存在」銘刻在心的我而言，不管工作再怎麼順利，若工作之外的事情諸事不順，仍會使我失去生活的目標。而且這一年，我也遭遇了幾件無法挽回、無法取消的悲痛經驗。

父親生病，表弟去世，甚至我還失去了葉室麟（註14）。

十二月二十三日，街上年底購物潮人聲鼎沸，我好不容易脫身回到家中，便發現電話答錄機裡有留言。那是傍晚五點左右，沒開暖氣的房間冷徹骨髓，吐氣都成白色煙柱。熟悉的報社記者嗓音顫抖，在留言裡要求我趕緊聯絡他，事情與葉室麟有關。光憑這些，我便立刻猜到發生了什麼事。

我知道他身體狀況不好，也知道他已經住院，但他實際上的身體狀況卻遠比我所得知的還要糟糕。因此當我接獲訃告時，我驚慌失措的程度連自己都感到吃驚。直到最後的最後，我仍覺得葉室麟遲早會回復，我們便能一如往常去居酒屋喝上一杯。回想這兩年，我很常與葉室麟去喝酒，對於身邊較少同業友人的我而言，葉室麟既是大前輩，也是忘年之交。酒過三巡之後，葉室麟總會開始高談闊論，大談社會與文學。

各位賢明聰慧的讀者之中，或許有人會覺得我相當不像話：葉室麟去世才沒多久，東山這傢伙竟就把他拿來作文章！不是這樣的，何止是「去世沒多久」，我寫這篇文章的現在，還是二〇一七年十二月二十四日——也就是葉室麟去世的隔天哪。

14　日本小說家，直木獎得主，一九五一-二〇一七。

我是個作家，書寫是我的工作，唯有透過書寫，我才能試圖向前邁進。每當有忿恨不平之事，或是有悲傷哀痛之事，我便必須將之化作語言傾吐出來。今後我也會繼續這樣寫下去。

葉室麟也有許多想說的、想寫的東西還未說盡、未寫盡，他曾說過今後不只要寫小說，也想要開始寫非虛構作品。距離那話才過沒多久。他一直是一位胸懷正直、美麗事物的人，對葉室麟而言，正直的事物便是美麗的事物，我想，或許他是個若不將不正確的現實昇華為美麗的故事，便無法朝前邁進的人。驕矜是不對的，踐踏弱者的行為亦不美麗。葉室麟的作品裡，便反映出了他這種人生姿態。

衷心祈禱他能安息。

高麗菜與花椰菜

喜獲雙冠。

我指的是我去年出的書《我殺的人與殺我的人》，繼去年年底得了織田作之助獎後，今年竟又得了讀賣文學獎。這簡直是痛快之舉，事情太過一帆風順，幾乎讓我感到不安。

我對文學獎這東西不太熟悉，接到得獎訊息後慌忙在網路上查了查，發現歷屆得獎者都是些鼎鼎大名的人物。大岡昇平啊，三島由紀夫啊，讓我驚訝得嘴巴闔不起來。而且，第一屆得獎者竟然是那位井伏鱒二哪！

我在此大肆宣傳自己得獎，當然也有幾分想炫耀的意味，就算被嘲笑我這人是個俗物也無所謂，開心的事就是開心。不過老實說，我猜這次得獎消息一出，應該讓不少人吃了一驚，議論紛紛吧。

所謂讀賣文學獎，一般似乎被認為是個頒給純文學作品的獎項，而東山彰良我呢，似乎被認為是娛樂文學系統的作品。純文學與娛樂文學就如水與油般互不交融，如此，便只有兩種可能性：要不是我改變了作風，要不是文學獎擴大了它的對象。

什麼鬼啊！

我才沒什麼改變，也不管它水啊油的。趁著這次得獎的機會，我想在此大聲聲明：舉凡人類運用想像力所創作出的藝術作品，全部都是娛樂作品。

不管作家寫小說時是怎麼想的，閱讀作品的都是一般大眾，也就是說只要是被稱為小說的事物，全都是大眾文學。純文學和大眾文學的區分，它的功能頂多是在書店裡把類似作風的書擺在一起，方便讀者尋找罷了。然而，正如有人相信古典音樂高出大眾音樂一等，人們似乎也認為純文學就比大眾文學高尚。

我們作家總是不斷追求更加大膽、更加刺激的作品，所謂刺激，意味的就是有趣，不管是純文學或大眾文學，只要有趣，就都是娛樂作品。我就是抱持著這樣的想法，寫著刺激而大膽的小說一路寫過來的。每次出書時，在我心中都像是朝著世界丟下了一顆大炸彈一般，我就是試圖以故事征服世界的惡黨魁首。不過目前這炸彈似乎沒造成多少死傷就是了。

不管我寫的東西被如何定義，我從來沒在意過。我的書不管被擺在書店的什麼地方（只要是顯眼的地方就好）我都不在意。我不覺得有任何一種故事能吸引所有讀者閱讀，也不認為貝多芬就比披頭四偉大。文豪寫出的爛作品世上所在多有，人們無法理解的傑作亦多如繁星。就算我所孕育出的故事不被其他人所閱讀，只要你讀了覺得喜歡，那我就滿足了。

提到文豪，馬克．吐溫著實是個幽默的傢伙，他除了寫出許多不朽名作之外，在無聊的事情上也展現了他的文采。他曾說過：「花椰菜只不過是受過大學教育的高麗菜。」

在我的想法中，純文學和大眾文學的關係就類似於此。何者是花椰菜，何者是高麗菜並不重要，要說兩者是截然不同的事物那也行，喜好也是因人而異的。但，這也不是什麼需要大張旗鼓進行區分的事物，對我而言最重要的，就是好吃或不好吃，如此而已。

聽不下去的話語

繼織田作之助獎和讀賣文學獎之後，拙著《我殺的人與殺我的人》又給我幹了件好事。

這次是渡邊淳一文學獎。

好事這樣接二連三到來，我與其說是為此得意洋洋地感到自豪，反而該說是有些擔驚受怕起來。到底發生了什麼事？我一直都覺得我所寫的東西，和任何一種文學獎都是沒有緣分的。這不是謙虛。我只是為了接近自己所嚮往的故事，而埋頭書寫而已。當然，若完全不受這世界肯定的話我會餓死，但話說回來，真的值得受到這麼多肯定嗎？我不禁思考，如果說人生的好運與厄運是交替到來的話……不了不了，還是別寫這種不吉利的話比較好，搞不好會真的招來厄運。

使我感到憂鬱的還不只如此。沒錯，就是演講。絕大多數的儀式典禮都會有演講，演講這東西彷彿是為了判斷你是否值得這個榮譽，所舉辦的最終面試一般，總是讓我感到驚惶失措。我站到燈光耀眼的講臺上，環視會場，滿場黑壓壓的人們面無表情，全都在等我開口講話。你是作家嘛，總該要能說些有趣的話吧——大家的這種期待總會讓我膝蓋發抖。聚光燈使我目眩神迷，冷汗直從背後滴落，想吞口水，卻發現口內乾燥不已。心臟怦怦直跳，已經練習了多次的演講稿此時卻彷彿從腦中完全蒸發了似的，我只想哇地大叫一聲逃出會場。

只是稍微會寫點文章，當然並不會讓嘴巴也跟著能說善道，事情其實正好相反，正是因為作家不擅長說話，才會把自己想說的話託付給文章這種形式。我們生性糾纏而執拗，可以在一段文字上反覆攪和個沒完，這也比較符合我們的性格。若突然要我們立刻說些什麼有益的話來聽聽，那根本是辦不到的事。

不論古今中外，世人所嘗試過的絕大多數演講都相當無聊，讓人聽不下去，特別是作家的演講，聽了只是浪費時間。我們根本不懂人生之為物，我們所擅長的便是用想像力補全自己所不懂的事物，再用美麗的言詞加以修飾而已。既然如此，乾脆獎拿了就好，頒獎典禮就缺席不就行了？的確是這樣，就算放頒獎典禮鴿子，也不會有人叫我把獎金繳回去。不過這攸關人生信念的問題，對我而言，從人家那裡拿到了什麼東西，當然就不該不給點什麼回饋。

絕大多數的作家都認為自己是反叛者，不然就是遭受欺凌的弱者的夥伴。我們都是異端份子，以名為文章的寶劍與社會對決。對我們而言，演講正是妥協與迎合的象徵。每當站上高人一階的講臺演講時，我都徹底感受到自己也不過是一枚社會的齒輪而已。

我想，這就是自知。我並不是我所憧憬的那種反叛者，也沒在和什麼東西對決。

做這份工作要擺出這樣的架子相當容易，不過這架子還是留著等遇到想追求的女生時再擺吧。在這種場合之外，還是盡量對自己老實點比較好。若總不願面對真正的自己，早晚會連寫出來的東西看起來都像謊言。

演講正是把我與現實綁在一起的沉重鎮石。

何謂小說的真實性？

由於我是作家，所以常思考現實世界的真實性與小說世界的真實性。可以說，寫小說時我總無時無刻不思考著這個問題。

我們所生活的這個世界，常會發生各種不可思議的事。舉個極端的例子，fafrotskies 現象就是如此，這是指奇異的物品突然從天而降的現象，比如一八六一年新加坡就有許多魚突然從天而降，一九八一年希臘則下過青蛙雨。關於這種現象，有人認為這些物品是被強風颳起，也有人認為是飛鳥吐出來的，但至今不論何種說法都仍停留在推測的領域。

以現實事件為題材來寫小說，是相當普通的事。現實世界出人意表的程度，遠遠超越作家的想像力。比如在被認為絕對不可能逃獄成功的監獄上演逃脫劇碼，或是出生十個月便會說話、一歲背熟聖經、兩歲熟習古代史與地理學、四歲便離世的神童的人生。這些事件不僅蘊含著某些真理，也存在著娛樂性。

無論是多麼難以理解的事件，只要真的在現實世界發生，我們便不得不接受。既然是現實世界的真實，那麼不管它再怎麼荒唐無稽，我們都能從中獲得娛樂效果。

但若把這些事件寫成小說（實際上真的有這樣的作品），大概也很難成功。因為小說本身便是虛構的，因此就算把 fafrotskies 這種大排場的珍奇現象直接寫進小說，也只會讓小說看起來更加刻意而虛假。

前陣子發生了一件事，一群當紅炸子雞的男性偶像，在飲宴上向未成年女性勸酒。媒體像是斬獲敵方首級般，得意洋洋地大肆報導。我對這類事件並不感興趣，就算偶像們一個都不留全從這世界消失了，我也不會流著血淚呼天搶地。

我所獲得的資訊非常片面，但不論是三十出頭的男性偶像向十九歲的未成年女性勸酒，或是新聞連日對其大肆報導，這都是現實世界的真實。就算有人說，嗳，那有什麼大不了，以前大學生就算還沒滿二十歲也照樣喝酒啊，但在二十一世紀的日本，不行就是不行。我們對偶像的凋零總感到興致盎然，所以才會緊盯著這些報導不放。

偶像對未成年女性勸酒，這寫在小說裡沒有絲毫有趣之處，既沒有寓意，也沒有娛樂性。就算真有一抹真理，那也不過是：啊啊，就算成為了偶像也會想和女孩子快樂地喝酒啊，而如果喝了就要當心，因為處處可能都充滿著陷阱啊——如此而已。這種小說有誰會想讀？如果我真的要把這個事件寫成小說（我才不寫），我會從女方的觀點來寫。年輕的她經歷過怎麼樣的人生，才會與偶像們一起坐在豪華絢麗的飲宴會場？我對這感興趣得多了。

我想說的，其實就是這樣：

現實的真實性與文學的真實性不見得一致。現實世界中令人瞠目結舌的事件，寫成小說有可能立刻便成為陳腔濫調，反之亦然。不論如何，對作家而言最是毫無用處的，便是不論現實世界或小說世界都用不上的，那種膚淺的事件。

第八章

作家的幸福

作家的幸福

剛成為作家時，我曾對自己的作品抱著不切實際的期待。

我之所以立志成為作家，是為了逃避現實。距今大約二十年前，我的人生處於進退維谷的狀況。當時我在中國的大學攻讀博士，博士論文卻一次又一次地被退回，退學只是遲早的問題。我也沒有固定職業，平時只靠洗碗和口譯勉強餬口。拿不到博士學位，意味著在大學教書這個我唯一的希望也將崩潰，我將永遠無法脫離當天掙錢當天花的打工生活。就在那樣一籌莫展的處境之中，次男誕生了。

出於一種連我自身都無法理解的力量驅動之下，我開始寫小說，只有在寫小說的當下，我才得以暫時忘卻現實。我彷彿被附身般不斷狂寫，而當寫出來的作品運氣好得獎出道時，我便以為自己的人生已經萬事大吉。我的小說將會大賣，會被拍成電影，在電影的宣傳效果之下小說會再次大賣——我是這麼想的，我的人生即將徹底翻轉！

然而，現實並不像我所想像的那樣。完全不同。我不斷地寫、不斷地寫，書卻怎麼都賣不好，在那些歲月之中，我仍夢想著自己的作品有天會被改拍電影。真是愚蠢哪，明明是在寫小說，我卻不去探索文章的可能性，很長一段時間寫出來的故事都充滿對影視的阿諛諂媚。

倒也沒什麼決定性的轉捩點，我只是在閱讀塞萬提斯、馬奎斯、尤薩作品的過程中，漸漸發現了自己的錯誤。他們的作品極不適合拍成影視劇，因為電影所追求的，是那種能吸引觀眾的有魅力的故事，且還要是那種能濃縮成大約兩小時左右的故事。但在尤薩的作品中，故事只是驅使讀者翻頁的推進力，他真正想表達的，其實都隱藏在那些若拍成電影肯定立刻被砍掉的平凡場景與對話之中。

「生命既已放棄追隨邏輯行動，那就沒什麼事情是荒謬的了，這就是人生。你要嘛接受，若不願接受大不了選擇自殺。」（尤薩《世界末日之戰》）

好書的定義或許因人而異，但塞萬提斯所說的這段話完全是真理。

「若那本書真是好書，真的書寫著真理，想必便會流傳萬世。相反地若寫得糟

糕，想必從出生到墳墓的路途也不會太遙遠。」（塞萬提斯《唐吉訶德》）

我平常習慣在讀小說時，把喜歡的句子抄寫下來，一來是因為這些文字總能成為思考事物的契機，二來則是為了讓自己不要不小心去抄襲到他人的句子。

單單追求那一字半句的真理，我想，這就是作家的幸福。

竟日動搖

無聊之日，枯坐硯前，心中不由雜想紛呈，乃隨手寫來；其間似有不近常理者，視為怪談可也。（註15）

眾所皆知，這是吉田兼好《徒然草》開篇不朽之句。翻成現代白話就是：「一整天無聊沒事做，對著硯臺把心中浮現的種種紛雜念頭漫無次序地寫下，便覺得自己似

15　此段引用自《徒然草：吉田兼好的散策隨筆》，二〇一六年，時報出版，譯者文東。

乎有些瘋狂了。」

我每天的生活也差不多，轉換為現代的情境就是：「一整天無聊沒事做，對著電腦把心中動搖不定的種種念頭漫無次序地寫下。」

不是我自誇，東山彰良我對凡事都沒有個堅固的信念或執著，四十七年來逍遙於醉生夢死的境界，一下搖向那邊，一下擺向這邊，一下面朝西，一下又滾往東。若問我是不是個性不服輸，倒也沒有這麼一回事。我的人生中遇到的第一個確切的事物，那就是小說。

但，畢竟我本就是搖擺不定的性格，我所寫的東西當然也不可能不搖擺。若談起我的作品風格，一言以蔽之，果然還是「搖擺不定」。我既寫冷硬派作品，也寫科幻小說，也會嘗試喜劇，或是把動物當主角的仿擬作品。這樣讀者可困擾了，因為就算讀了我的一本作品覺得喜歡，讀其他作品也不見得會喜歡。

我常覺得，我並沒有很替讀者著想。我寫小說最大的理由，是為了透過書寫來讓自身情緒平靜、精神穩定，所以我總是隨心所欲地寫自己想寫的故事。倒也不是不在意書本銷量，但若一天二十四小時都在在意那種事，反而可能會讓自己寫的東西失去魔力。

還是說，是我裝酷裝得太過了？

身為一個作家，若放話說「我的書賣不好也沒關係，懂的人就懂」，那也太過卑屈而幼稚；但若豪語道「書就是要能賣，賣得好才是硬道理」，那也不成個體統。關於書寫這種行為，我所能說的只有：若不寫就得不到救贖，所以只能寫了。若書寫的目的是為了拯救靈魂，自然便會寫出這種文章；而若目的是為了賺飽荷包，自然就會生產出那樣的故事。

孔子的弟子子夏曾說過：「大德不踰閑，小德出入可也」，意思是「關於人倫的基本道理不可逾矩，但在日常瑣碎事務上稍稍偏離正軌，也是無所謂的。」這簡直是真理啊！只要我努力寫出能拯救自己靈魂的故事，那在閒暇之餘，空想著自己賺進大把大把的版稅，又有什麼關係！

人生會發生什麼事，無可預料。守財奴般的作家所寫的小說，不見得就不會成為不朽名作。身為作家，當然要珍惜自己的靈魂，但若是整天不斷靈魂靈魂地吵鬧，不久之後最願意親切聽你說話的，可能就是精神科醫師了。

行動電話

我沒有手機。

這不是自誇。我平常都在家裡工作，就算外出也只是在有限的範圍內兜圈而已，認真起來還是可以聯絡到我的。長期不在家的時候基本上都是和編輯在一起，所以只要把編輯的手機號碼告訴家人就沒問題了。就算有什麼問題，焦慮煩躁的也都是家人，不會是我。

在外面若有需要打電話時，我都打公共電話。常有人同情我：哇，現在要找公共電話應該很困難吧！不過我倒不以為苦。哪裡有公共電話我都一清二楚，電話卡也總隨身攜帶好幾張。我都在金券行買電話卡，用完了就補充，電話卡圖案我從沒在意過，但有次一口氣買了五張，卻發現五張都是養眼的比基尼熊田曜子，還是吃了好大一驚。

不用說智慧型手機了，智障型手機我都沒買過。手機普及以前，我曾用過PH

S，當時暱稱為 pitch。pitch 剛推出時曾在街頭免費發送，我就拿了一臺，買預付卡來使用。那是二十多年前的事了，當時的我沒有固定職業，平時在大學教中文、在餐廳洗盤子藉以餬口。當然這樣還是沒辦法生活，所以我偶爾也會幫警察或入境管理局做中文口譯。和前兩種工作相比，口譯工作時薪高得不像話，好不容易有賺錢的工作我當然不想錯過。當然，中國罪犯並不會配合我的時間被捕，什麼時候會有口譯需求難以預料。所以我才會恭請 pitch 登場，但我後來發現自己真拿這東西沒轍。

在大學教書的我對於上課用手機的同學是相當嚴格的，有時甚至會不由分說勒令其離開教室。誰知道，我的 pitch 竟在課堂上突然打破寂靜，嗶嗶嗶地響了起來。pitch 毫不動搖地響著，彷彿在說：我可是 pitch 欸，我才不管你現在方不方便，不管在哪裡我都要響，這就是我的工作。我慌張地在學生冷冷的眼光注視下關閉電源，這下可真是威嚴掃地了。想叫我閉嘴？門都沒有！我可是 pitch 欸！我立刻就把這吵死人的夥伴解雇了，用不到兩個月。

常有人問我，是不是討厭被束縛？嗯，或許吧。不會不方便嗎？不會啊。我並不會想要在網路上發布什麼私人資訊，也不想和素不相識的人產生連結。我很早以前就擺脫了自我搜尋的泥沼，IG美圖什麼的也無聊透頂，竟然有那麼多人拚了命，只為了讓不知是哪根蔥哪根蒜的人群按讚，我只覺得簡直是玩笑一場。最重要的是，我不想再繼續助長自己的全能感了。

如果不用動手門就會自己打開那該有多好。有天，有個人這樣想，於是自動門就出現了。爬樓梯好累喔，為什麼樓梯不會自己動啊。又有人這樣想，於是電扶梯便發明了。水電、瓦斯、冷氣、汽車、飛機，人類的夢想接二連三地實現。有人想和情人卿卿我我，但打家裡的電話覺得不太好意思，且要請對方父母轉接也令人緊張。好了，行動電話登場了。世界不斷變得更加便利，只要腦中有什麼想法，世界便會如人所願。在寫信往返的時代，大家總能耐心等上一週十天，等對方回信寄到。然而又有人希望能早點收到回信，於是便研發出了電子郵件，人們文字往返變得更加迅速、更加方便。但又有人不知足，希望能一眨眼就得到回覆，所以LINE就普及了。

心想就能事成的，唯有神明。社會不斷變得更加方便，意味著人一步一步接近了神的領域。我們的欲望如無底深淵，而智慧型手機就像是讓我們成為神明的一柄魔杖。若我們任由智慧型手機使我們的全能感繼續毫無止盡地膨脹，持續接近神明，那麼最後神與神之間所產生的，恐怕只有斷裂。因為全能感推展到極致，便是希望能隨心所欲地操控他人，而這在絕大多數的情況下，是辦不到的。

社會今後也會為了滿足人類的全能感而持續發展，欲望無窮的我們將會充分享受其恩惠。然而仍有一些領域，是絕對無法如我們所願的。比如戀愛或育嬰所教會我們的，便是不可能事事盡如人意這樣一個道理。光是已讀不回就夠現代人難受的了，畢竟我們每個人都是神明，被忽視當然會受傷，那彷彿是在告訴你，你根本是個不值得理會的存在。

人生不如意事十常八九，我們除了忍耐也別無他法。但智慧型手機的存在，卻讓我們愈來愈沒有耐性。我不買手機並不是為了鍛鍊精神，不過我覺得，或許智慧型手機的相反詞便是「忍耐」。

臺灣新電影論

二〇一七年九月十四日至十九日，福岡亞洲美術館舉辦的臺灣電影節，上映了六部作品，我看了四部。酒井充子導演的作品我以前看過《臺灣人生》，這次的《臺灣萬歲》我本來也想看，卻因為時間無法配合只能放棄。《風雲高手》則是完全不吸引我，所以也沒看。

我不打算說我看的那四部都選對了，若真要挑缺點的話，說真的還挑不完。《光陰的故事──臺灣新電影》這部紀錄片也是一樣。這部電影針對一九八〇年代臺灣新浪潮電影旗手楊德昌與侯孝賢等人的作品，邀請遠至法國阿根廷，近至日本的電影關係人士來回顧當時的臺灣情勢，並且分析這些作品。紀錄片中，許多作品的片段和訪談交替出現，但對於臺灣新浪潮電影由來的介紹仍是抽象模糊而不得要領。我在大學時期曾看過幾部臺灣新電影，只記得當時邊看邊罵，啊，這節奏怎麼這麼慢，根本是意圖催眠我。但抱持這樣感想的，竟不是只有我！看了這部紀錄片之後我發覺，節奏緩慢、故事單調，這可以說是臺灣新浪潮電影的宿命。

做為一個作家，我認為，觀眾在看電影時追求的是一時的愉悅與情感淨化，所以那些擁有像是異想天開的故事、令人驚奇的大翻轉、賺人熱淚的死亡等吸引人要素的小說，較適合被改編成電影。我不是說這些小說不好，但在翻拍電影時最先被刪減的，便是這些要素以外的敘述部分，而這敘述部分才正是小說的養分之所在。「他們只得在這個已然死滅、僅存回憶的世界裡漫無目的地漂流」（馬奎斯《百年孤寂》）、「他並未用心聽母親說話。語言只是表面，真正的溫柔藏在語氣之中」（尤薩《城市與狗》），例子不勝枚舉。這些扣人心弦的句子，究竟要如何拍成影像？

臺灣新浪潮電影的目標，正是這裡了。故事單調無妨，因為當時那些導演們想描繪的是人類本身，以小說來講就是對話以外的敘述部分。所以節奏稍微緩慢些，也是無可厚非的了。令人傷心的是，對許多觀眾而言人類的內心世界根本是其次，酷炫的暴力以及夢幻般的俊男美女才會使人心動。就連我也是這樣，畢竟我也不想一天二十四小時都在思考人生的意義。成天吃健康的食物，偶爾也會想吃點加了一堆添加物的垃圾食物。說到底，這正是娛樂之所以存在的理由，看電影時就放鬆點，別想那些困難的事，又有何不可？

即使如此，任誰都有心緒變得複雜，試圖尋找線索的時候。我不知道臺灣新浪潮電影裡是否找得到，但至少有找找看的價值。若看電影時睡著了，那也是一種幸福。人生，單純就是最美好的。

新時代

元號改變了。包括我在內，許多讀者都是昭和年間出生的，我們都活過了三個時代。在我小時身邊有明治年間出生的老人，對於那些活過明治、大正時期的老人，在昭和時代出生的我們眼中看來，總覺得是了不得的怪物。明治出生的？真的假的！

而現在輪到我們成為三冠王了。再過幾年，那些令和出生的小孩們便會以鑑定化石般的眼神來看待我了吧。不過化石也有其不可取代的重要任務，那就是傳述一個時代。

平成是怎麼樣的一個時代呢？天災人禍、恐怖攻擊頻仍的確是事實，但對我而言，這是一個堅定價值觀逐漸失落的時代。

昭和時代，不管是好是壞，世界都流傳著一種堅定的價值觀，這些堅定的價值觀有時會產生衝突而引發巨大戰爭。請讀者別搞錯，擁有某種堅定的事物，這本身是件好事，若沒有這些事物，我們生存的基軸將擺盪不定，自我也會變得不穩定。然而，當這些堅定事物欠缺柔軟性時，便會帶來災禍。透過昭和年間的漫長歲月，我們將這些狹隘的固定觀念一個又一個地克服了，這絕非易事。國家意識形態變得有名無實，以往單憑血緣便可說明一切的家族型態產生了變化，我們發現就連男女性別間那道看似堅不可摧的高牆，只要認真起來竟也可以跨越。

在我的想法裡，所有藝術都是對堅定價值觀的挑戰。在僵化的價值觀中，也就是多數族群所支配的領域之中，懷抱生存苦痛的人們為了爭取自身的生存空間所發展出的一種鬥爭型態，這就是藝術。藝術的任務便是要破除僵化凝滯的固定觀念，使其相對化。當然，或許有人認為藝術只要讓人開心就好了，但若真的只要開心即可，那藝術和電視上的綜藝節目，不就沒什麼不同？

包括藝術家在內，在許多人拚了死命的努力之下，各種曾被認為無可動搖的價值觀，漸漸地受到了相對化。我們瞠目結舌，興奮震顫，回過神來，絕對而堅定的價值觀已前所未有地稀薄。平成的三十一年間，日本成為了各式各樣價值觀得以並存的溫柔社會，其中加速這種變化的，或許便是爆炸般普及的網際網路。現在享有共同價值觀的人群，輕易便能透過網路互相產生連結。這當然有許多優點，但也造成了對不同價值觀的冷感持續蔓延。這種冷感的毒害到了極致，等著我們的便是無處發洩的孤獨。

藝術家們想必非常困擾。若將價值觀進行相對化這樣的一個使命漸漸失去了意義，那藝術的存在價值究竟為何？我覺得，藝術的價值仍在於相對化。聽起來或許有些矛盾，但正因為現在是一個溫柔與冷感難以區分的時代，因此摸索堅定的價值觀，便是今後藝術的使命。

但這並不意味著倒退到昭和時代。藝術家所揭示的新時代價值觀，必須同時兼具柔軟性才行。我所指的便是這樣的價值觀：以自己出生成長的土地為榮，卻不陷入狹隘的國族主義；接受自身的性愛型態，但不排除他人的性愛型態；重視血緣關係的同時，也能基於文化進行連帶。

要推，還是敲？

二〇一七年五月，我的新書《我殺的人與殺我的人》出版了。書名很長，這是以臺灣為舞臺的青春懸疑小說。

小說從現代美國，一個殺了七名小孩的連續殺人魔被捕的場景開始寫起。一名律師要前去和這個殺人魔會面，這名律師回想起一九八四年的臺灣，四名十三歲少年的故事就在律師的回憶中展開。沒錯，這名律師和那個殺人魔是兒時玩伴。

我記得我開始寫這本小說，是前一年二月左右的事，也就是說我寫一本書，花了一年以上。老實說我並不覺得這很慢，畢竟我有我自己的步調。話雖如此，看到那些一年能出好幾本書的作家，我心中還是會不斷湧現不安，覺得自己寫得這麼悠哉真的可以嗎？

若說起為什麼要花這麼久時間，倒也不是因為一直在煩惱故事要如何進行，相反地，我是需要一段時間來把故事從我腦中消除。簡單來說，在初稿完成之後，必須暫時擱置頗長的一段時間。在擱置的這段時間裡，我會盡量不去想那部作品，我會做其他工作，或是喝喝酒，努力忘掉那部作品。等過了兩、三個月後，我再以一名讀者的眼光重新面對這部作品，進行推敲。

剛寫完小說之後的狀態，就跟剛寫完考卷之後的狀態類似，不管再怎麼回顧都看不見缺點。所以我會暫時忘掉自己寫的故事，以空白的狀態來進行推敲，這樣就能發現此前沒注意到的許多東西，有時我甚至完全無法理解自己寫的句子。我就是這樣把那些充斥自以為是的哲學，或是散發著惡臭的句子，努力修改為勉強可堪一讀的句子。

在推敲的百無聊賴之中，偶爾也會有新發現。在進行這部作品的推敲時，我偶然得知了「推敲」一詞的由來。

我平常是用電腦寫稿，只要用英文字母輸入再按下正確按鍵，機器便會自動替我轉換為正確的文字，所以我不太會仔細去看那些文字，因此有好長一段時間，我都誤以為「推敲」寫作「推稿」（註16）。前些日子我和年老的母親聊天，她才指出了我的

16　敲與稿，日語同音。

錯誤。她告訴我，推敲的推是推門，敲是敲門的意思，以前唐代有個叫賈島的詩人，他寫詩時的煩惱便成為了「推敲」這詞的由來。以下便是該詩節錄：

鳥宿池中樹，
僧敲月下門。

賈島便是在此處煩惱著，這僧究竟該「推」門還是「敲」門。用「推」字跟用「敲」字所呈現的詩意完全不同。若僧侶是「推」門，就代表他和那家中住的人是非常親近的關係，所以他才可以擅自打開那門跑進人家家裡。反過來說，若是「敲」門，自然就表達出一種客氣的意味。賈島在這兩字之間煩惱，於是這兩字便成了今天斟酌文章的意思。

推敲的作業是如此深奧，絕不可輕忽的。所以我寫一本書要花比較長的時間，這也是沒辦法的事。

用不上的句子

我不知道其他作家是在怎樣的環境中工作，我自己是在頗為雜亂的房間裡寫稿。

我擁有的書並不多，但畢竟房間窄，書櫃塞不下的書就疊得到處都是。還有我在寫作時一定會放音樂，所以ＣＤ就占了很多空間。為了對空間進行有效利用，我將那些ＣＤ分到數個地方擺放，那段時間常聽的就在電腦旁疊成小山。我的房間真正是雜亂得連個「落腳」處都沒有，疊成高聳山峰的書本和ＣＤ不時便會爆發土石流。從椅子上站起時一不小心，腳邊的書堆便會崩毀；想換個音樂轉換心情，ＣＤ堆便給我搞叛變。

加深這些混沌的，就是四處散落的便條紙了。

我很常作筆記。除了小說靈感閃現的瞬間之外，比如說看電視時聽到自己沒聽過的表達方式就會作筆記，讀書時看到喜歡的句子也會忍不住抄下來。有時，巧妙的語句或是人生的真理會毫無脈絡地造訪，為了隨時隨地都能把這些東西記錄下來，我到處都會擺筆記本。

但光是筆記本，仍常會有來不及記錄的情況。靈感就像流星，若沒捕捉到那一瞬間，便會永遠從我腦中飛逝而去。不知各位能否明白？不眠的夜裡如猛虎般突然襲來的真理，若沒能當場捕獲，轉眼就變成一隻小貓了。

像這樣的時候，我便會一把抓起附近的紙片，趕緊把腦中翻騰的想法寫下來。廣告紙背面、報紙的一角、包裹附上的便箋背面——這類便條紙在我的辦公桌上四處散亂。其中覺得特別重要的，我會用膠帶貼在牆上，或是像狗藏起骨頭般塞到滑鼠墊下。只要捕捉到一次，那靈感或真理便永遠屬於我，不用再擔心它會逃跑（不過倒是必須擔心紙張會不見），我便能放心看電視、讀書、喝酒。比如說，我會把下列這些句子筆記下來。

「所謂感情，就是從話語中去除語音和語意後所殘留的事物。」

「那簡直像是在新婚旅行時被人嘲笑自己的新娘。」

「當我想假裝這世界完美無缺時，我便會聽路易・阿姆斯壯的音樂。」

這些句子無法立刻派上用場，卻不知拯救了我多少次。請各位相信，這些筆記總會在某個特別的瞬間，在我所寫的文章裡頭找到自己的位子，彷彿從遠古時代便注定如此一般。所以我的辦公桌稍微亂些也是沒辦法的事，畢竟這就是我的做法，而我的人生確實有很重要的一部分，是由這些零碎紙片所構成的。

審查

我把自己的作品分為兩類：「自己的書」與「和他人合力完成的書」。前者顧名思義，就是我所寫的屬於我自己的小說。而後者雖然寫的人是我，但故事大綱是由他人提供的，簡單來說就是漫畫改編小說這類。

就算是改編小說作品，故事仍需我辛苦構思，就這一點上和「自己的書」沒什麼不同。但兩者之間仍有很大的不同之處。「自己的書」裡的登場人物，必須由我無中生有，從零創造；而漫畫改編小說作品，原作漫畫已經建構出了世界觀，登場角色也由漫畫原作者塑造得很完整了，我所要做的，就是在原作漫畫的世界觀之中讓角色活動，創造一個不矛盾的故事。

這其中有困難也有輕鬆之處。輕鬆的是，我不需要自己構思登場人物。當然有時也會有我原創的角色登場，但在這種情況下，不破壞原本的世界觀仍是絕對條件；至於原本漫畫就有的角色，那就更輕鬆了。會買改編小說的都是原作漫畫的粉絲，我沒必要對讀者說明主要角色，讀者比我還熟悉得多。我不需要多加註解，可以直接讓角色動起來，外表及個性的描寫也不在我的工作之列。至今我所寫過的改編小說作品，大致都只要十天到兩個禮拜就能完成。但若要寫一本「自己的書」，就得寫上半年左右。

前述輕鬆之處的反面，就是寫小說的辛苦之處了。寫作「自己的書」可真是辛苦不斷。我必須化身為登場人物，和他們一起煩惱或痛苦到最後一頁。之所以會有煩惱和痛苦，是因為選擇相當多元。當故事來到了分歧點，我眼前便浮現出自己所能想像的所有路徑，我必須反覆試驗後選擇最正確的道路。那裡不存在原作世界觀這樣的框架，所以我有時也會選錯路，但這也正是寫「自己的書」的個中滋味所在。經歷過那些痛苦，我便能更深入了解並愛惜自己的作品。當然改編小說的作品我也愛惜，但在這一點上仍是比不上「自己的書」的。

從前我一直是這樣想的，但後來發生了一件事：我所寫的改編小說作品因為原作漫畫太紅，而有幸在好幾個國家翻譯出版。美國、德國、義大利、波蘭、法國、泰國、韓國、臺灣等等。有部作品在進行中國大陸版翻譯時，突然被當局喊停了，說是審查之後發現有一個句子必須刪除，因為當局判斷那個句子會成為軍國主義的藉口。這對我而言簡直是突如其來、晴天霹靂。我只有兩個選項：要嘛把那個部分刪除後出版，要嘛就不刪除，放棄出版機會。中國人口約十四億，就算只有百分之零點一的人買我的書，也會賣出一百四十萬部，這不是發了嗎！而且這只是漫畫的改編小說作品嘛！

根本不用考慮。

我選擇放棄出版。就算只是改編小說作品，那也是我的孩子，而對我的孩子有意見的人——搞屁啊，快滾蛋吧。

越境文學論

生於臺灣的我因家庭因素搬來日本，是我五歲那年的事，之後我便偶爾往返兩地之間，在日本生活了將近四十年。

或許是因為這種生活環境的關係，我對國家的歸屬意識稍嫌薄弱。我仍保有臺灣國籍，卻沒在臺灣生活；我在日本生活，卻沒有日本國籍。臺灣和日本無疑都是我所心愛的地方，但我並不覺得自己是完全的臺灣人或日本人，我只把自己認知為「生於臺灣、長於日本的一個個體」。

聽起來有些誇大，但我覺得家人才是我認同的基礎，只要家人活得幸福的地方，那便是我會選擇活下去的地方。現在我的家人對於日本和臺灣都沒什麼不滿，所以我也相當享受這種往來兩地之間的生活。

二〇一五年，我的《流》這部作品獲得了第一百五十三屆直木獎，這突如其來的幸運不僅使我嚇了一跳，許多媒體也會把我的作品與認同的問題連在一起談論。特別是由於我是個臺灣出身的作家，因此常被問到有關「越境文學」的問題。

我並沒把自己的作品看成是越境文學，對於《流》，我也覺得就是個熟悉臺灣的日本人寫的小說。我開始思考關於越境文學問題的契機，是在某本文學雜誌上，和李維英雄進行的一場對談。

李維英雄雙親是美國人，六歲到十歲在臺灣生活。他在青春期時邂逅日文，經過刻苦學習之後，在史丹佛大學教書時，終於把日文精通到能把《萬葉集》翻成英文的程度。現在則在日本生活，用日文寫小說，他的小說《模範鄉》是他在臺灣度過的少年時代的回憶錄。也就是說，他雖然母語是英語，卻用日文書寫臺灣。多麼讓人驚訝！我在與他對談過程中多次感到，這種思維的越境、語言的越境，這才是真正的越境文學不是嗎？

但，或許那也不是事情的本質。的確對我而言，日語是我表達自己想法的唯一手段，但我和李維英雄仍有一種共通的感覺，那就是喪失感。我們無法抬頭挺胸地說自己屬於此處，這是種無法歸屬於任何一處的感受。或許，在越境行為之後糾纏著我們的這種喪失感，這才是越境文學的本質。

如此想來，我所感受到的那種認同的不確定感，不論我自身意願如何，都必然在不小的程度上影響我所寫出的作品。透過充分表達這種喪失感，透過徹底執著於自己心愛的場所，以及透過旅行，等我終於能客觀看待這種喪失感，並將之相對化之時——或許直到那時，越境文學才會真正誕生。

日文小說中的「臺灣」地景

對談

李維英雄 × 東山彰良

編輯部：李維英雄從第一本以日文寫作的小說《聽不到星條旗的房間》於九二年出版以來，便持續書寫著在日本、美國、中國的記憶與體驗。他的新書《模範鄉》即將出版，這本書收錄了他近年來書寫的孩童時期在臺灣度過的生活體驗。模範鄉是日治時期臺灣，由日本人建造的日式房屋所構成的村落，日本戰敗引揚之後，便由來到臺灣的美國人居住。李維小時便住在模範鄉的日式房屋裡，並就讀由美國人設立的傳教士學校。

另一方面，東山彰良至今寫了許多各種類型的娛樂小說作品，這次獲直木獎的《流》首次寫到自己的原鄉臺灣，這是一部以臺北為舞臺的青春小說。

《模範鄉》與《流》都是以前所未見的形式，以日文來描寫臺灣地景的作品。今天我們想請兩位作者，針對「臺灣書寫」聊聊自己的想法。

李維：我是在一九六一年春天離開臺灣的，從那之後過了四十四年，參加了由津島佑子擔任團長的「日臺文學交流團」（註17），才再次拜訪臺灣。只是當時我並沒有

17 相關紀錄可參閱《印刻文學生活誌》二〇〇六年四月號。

前往小時住過的臺中。後來有次有個別的機會，我才在離開五十二年之後回到了臺中。這之間有長達半世紀的落差，這其中臺灣社會有了什麼樣的變化，我並不清楚。東山的小說時代設定剛好為我填補了那段空白的時間，我感覺自己從小說裡面，看到了這座小小的海島上非常複雜的族群關係與人際關係。

東山：在動筆寫《流》之前，其實我並沒有想過要以臺灣為舞臺。是在祖父過世之後，我從父親和伯父處聽聞祖父的為人，得知他有個相當戲劇化的人生，不知不覺間便想著要寫一部祖父的故事。當初的構想是從一九三〇年代的中國寫起，寫國共內戰的最終決戰，我的祖先戰敗後乘船前往臺灣，但我實在沒有自信自己是否有能力寫出這種故事。中國大陸對我而言完全是未知的土地，雖然父母都在那邊出生，但我只在長大後去留學，住過半年而已。對於中國大陸，我沒有那種「返家」的感覺。但我對臺灣和日本都有「返家」感，所以便想，若以臺灣為舞臺，應該就能寫出自己親身經歷而熟知的，那種街上的氛圍與感受。於是我便打算在寫祖父的故事之前，先以父親為原型來練習，也沒多想，就開始書寫臺灣。只是我在五歲時就離開臺灣，之後雖然往返臺日兩地，但九歲以後就一直在日本生活了。所以，為了讓我所體驗過的臺灣和父親世代的故事能不產生矛盾而互相結合，我便選擇從一九七五年這個年代寫起。

李維：聽說你為了寫這部小說，聽了不少祖父和父親的故事，想必是下了不少功夫取材？

東山：在我起心動念想寫祖父的故事之後，我曾到中國山東省去拜訪當地老人取材。《流》最後有個馬爺爺登場，他實際上真的是當年祖父的拜把兄弟，我也向他取材了，他的人生幾乎就像小說裡寫的那樣，原先為國民黨打仗，後來被俘虜成為共產黨，但卻不斷被送往前線作戰，彷彿是在說養俘虜很花錢拜託快點去死一般。我聽到了這些故事，也在當地買了許多資料。

李維：這部作品的寫法頗令我佩服的是，比如說第二章，描述大陸渡海來臺的外省人看不起當地的本省人時，引述馬克・吐溫的白人與黑人觀，指出兩者其實是一樣的。讀了之後我有些驚訝。由於我是外國人，既非外省人也非本省人，連中華民族也不是，所以會不太敢這樣寫。但以你的立場便沒什麼好不敢的，所以便直接引用了這個世界上最清楚明白的歧視結構。看到我自己說不太出口的話被印刷成文字，在這層意義上令我頗感佩服。

《流》這部小說裡，作者位於一個社會的內部，從中寫出生活細節。對於不在內部的我而言，這已經相當有趣了，但其實你雖然是臺灣出身，長久以來卻是在日語中成長，我覺得正因為如此，你才寫得出一些一直生長於內部的人，所寫不出來的東西，這和一直生活在臺灣的人所寫的臺灣文學又有所不同。我覺得最近的文學最有趣的，便是內部與外圍的關係。《流》中，兩者間的某種緊張關係流進故事的敘事裡，且一直維持到小說的最後，這點也很值得讚賞。

我平常並不太讀娛樂作品，讀了這部小說後，我明確意識到了一個問題：臺灣是什麼？不是對臺灣文學而言，而是對日本文學、世界文學而言，臺灣是什麼？這對我而言是個發現。雖然我覺得這是近年文學相關人士，大家都會意識到的問題。

何謂越境？

東山：這次寫了《流》後，有人便會開始把「越境」一詞套用到我身上。我只是在臺灣出生、在日本生活，並用日文寫作而已，我想，如果這就是「越境」的話，那就讓他們說吧。不過讀了《模範鄉》後，我才發現自己根本沒有越境。

像李維英雄這樣，先是習得英語，在臺灣生活後回到美國，然後又來到日本以日文寫臺灣，這種翻越語言高牆的越境模式，是我完全沒有做到的。我的腦中完全都是日語，所以單純化來講，其實就像是一個稍微熟悉臺灣的日本人書寫臺灣一樣。

其他的不同之處是，李維你算是在雙重的意義上失去了「家」。第一層意義上，你失去了六歲到十歲生活過的臺灣，也就是失去了「故鄉」這個家。就算某些地方對你而言有「返家」的感覺，當地人也不會認為你是「返家」，會覺得你是客人。這是第一層喪失。在此之外，雙親離婚導致「家」真的消失了，這是第二層喪失。這件事是在臺中發生的對吧？所以我猜，你對臺中大概有著特別複雜的情感。我雖然五歲就來到日本，但只要回到臺灣，大家仍會認為我是「回來了」，我的家庭也沒崩壞，以前就讀的小學也都還在。雖然街道樣子變了不少，但仍有很多地方能喚起我兒時的回憶，仍找得到很多自己曾屬於此處的證據。就這層意義上而言，我覺得我並沒有經歷過像李維你這麼巨大的喪失。

我不管在臺灣或日本，都時常會被問到認同的問題。我只有小學二年級那年就讀臺北的國小，因為和周遭的孩子有些不同，大家都會指著我說「哇，日本人日本人！」，但到日本之後因為名字和大家不同，大家還是會指著我說「哇，臺灣人臺灣人！」所以我從很小的時候開始就認知到，反正我就是這樣的存在，反而抬頭挺胸了起來。我對國家比較沒有歸屬意識，覺得自己就是一個生於臺灣長於日本的個體而已。但我到中國大陸去時，就被問到「你是哪個國家的人？」，我感覺到國界所定義出的「國家」被強加在我的身上，使我窒息。我在中國吉林大學留學時，曾接受過大學校內刊物的採訪，談話時非常愉快，誰曉得出來的報導上卻寫著什麼「香蕉人的悲哀」。表面是黃皮膚，但剝了皮之後就是白的，也就是說他們批評我明明是中國人，內心卻受到西洋文化的荼毒。文章還作結道：「衷心祝願他能早日回到祖國的懷抱。」我並未以人種或國籍來定義過自己或他人，所以當時總有種說不出的感受。

李維：有段時間我常主張，自己是「香蕉人」的相反，是「雞蛋人」，也就是說外表是白色的，內心卻相當黃。人種是無法共享的，但文化可以，而能證明這件事的，就是語言。做為日文作家出道二十年，我常常這樣想著。

但反過來說，有時候完全進入一個文化之中，會讓自己無法說出真心話，會被迫讓自己的故事去符合那些既有的認同。為了不要陷入這種地步，我常致力於探索隱藏在國家或制度的「虛構」背後，那種寄宿在語言之中的，真正的文化感。我寫過一篇以中國為舞臺的小說叫《假水》，這標題是「虛構的水」的意思。漫步於虛構的世界之中試圖追尋真實，這種事我覺得還是只有文學才辦得到。如此我便能對於離開現實來創造自己的故事這件事不懷抱著悲劇感，反而覺得相當有樂趣。但現在，全世界各地都蔓延著一種國族主義，要求你「定義自己的歸屬」。不過文學不是這樣的。的確照你所說的，個人有著各式各樣不同的認同，但既然身為文學人，應該要能自由地根據自己所體驗的世界，來自由地書寫與表達。東山彰良你的經驗，是受到相同人種、擁有相同臉孔的人質疑，我猜那種痛楚和我的體驗又有所不同……。

東山：會覺得難以呼吸。李維你剛剛說的話，我以畢卡索的話語來重新理解過，就是：藝術是為了傳遞真實所撒的謊。我常常是這樣想的。

李維：所以在擁有眾多謊言的地方旅行，會非常受到刺激（笑）。

東山：真的是這樣。若沒有煩惱糾葛，想像力也會無法運作。

李維：沒錯沒錯。若否定了虛構，只一味追求真實，反而會什麼也看不到。

書寫時不要僅依存於一種認同

李維：《流》的開頭從大陸寫起，最後也移動到山東省，我覺得這些部分是絕對必要的，因為這些部分寫的不是現代社會，而是歷史。我和前陣子得諾貝爾文學獎的莫言有些交情，以前和他對談時我曾對他說過，一九三〇年代，日本進入中國，戰爭爆發，國界與歸屬都變得一團亂的時代，對文學而言是最有趣的。莫言是把這些部分做為現代文學書寫，而非一般的歷史小說。反倒是，要寫現代中國應該反而相當困難。

東山：會有很多顧慮，在這層意義上的確困難。

李維：書寫現代文學時，若只是把現代社會照抄，那也不構成文學。我認為臺灣是一個美國、中國與日本的關係交錯，一個非常豐饒的地點，所以若只是書寫臺灣本身，大概也不會這麼有趣。

我從九二年的時候開始前往中國，前陣子剛好去了第一百次。特別是河南省我去了很多次，和當地農民都互相熟識了，《模範鄉》開頭從我對一個熟識的農民談起我即將前往臺灣，這樣的一個場面寫起。現在的中國不管去哪個村莊，總是高樓大廈林立，二十年前騎著馬的農民現在都開著自己的車了，光是書寫這種當下，也沒什麼意義。所以我會把以前的世界，或是其後的歷史背景，以某種活著的形式放入故事裡。我覺得東山你因為採取了一個國民黨後裔的觀點，這使你從寫起的那瞬間，便被賦予了這種手法。透過書寫國民黨員的孫子的青春歲月，歷史這個巨大故事中的現在的臺灣，便巧妙地化為了結晶。

東山：我覺得我還是稍微改變一下自己剛才的想法好了，說不定我真的有在越境（笑）。

李維：如果越境文學這個詞，指的是像我或多和田葉子這樣有意識地使用外語寫作的人，那就嚴格意義上來講世界上其實並沒有多少「越境作家」。但不是這樣的，世界上有各式各樣的人，以各種形式進行越境。有些越境重點不在人種或國籍，而在你生活所使用的語言，或是進行表達所使用的語言。所以，一個不是日本人，或是不被認為是日本人的人，使用日文來進行表達，這樣的越境形式也是有的。

東山：的確，在這層意義上，我也能算是越境了。

李維：反過來說，沒有意識到自己越境的人，若不將那種感覺以某種形式與他人共享，現在大概是寫不出現代文學的。

東山：就《流》來講，我覺得是因為我生活在日本，才寫得出這樣的作品。若我是在中國或臺灣生活，或許便沒辦法採用這種寫法了。若是在中國可能就得讚揚共產黨，在臺灣，自己的自由思考可能就會受到該和大陸統一或獨立這種政治權力動態的影響。

上禮拜因為臺灣有總統大選，我回了臺灣一趟，飛機上認識了一個日本女性。那女性丈夫是臺灣人，兩人在英國認識，現在一起在荷蘭生活，妻子因學術研究的關係回到臺灣。後來我和她丈夫在臺灣去喝了一杯，受到米歇爾・傅柯影響的他說到，他最擔心的是自己看似自由的決策背後，其實隱藏著自己所沒意識到的權力結構。由於那時是選舉期間，我們不可避免地聊到臺灣認同與中國認同的話題，他說，能在兩種認同之間自由穿梭的環境是最理想的。剛才聽了李維你說的話，我便想到文學其實也可以有這樣的立場。我們可以基於日本認同來寫作，而像我，也可以基於臺灣認同，或是中國認同來書寫。若我們能擁有多種認同，並能在其中自由穿梭，或許便能寫出能把單一認同進行相對化的作品。

李維：這種多重人格般的寫法，其實是相當困難的，特別是像我這種出身西洋的人，一個不小心可能就會陷入對異國情調的著迷，或是東方主義的泥淖，所以更必須好好用功，否則我就不發言，也不寫。我之所以書寫大陸的農村，是因為我有自信，至少在全世界的外國人中，自己最熟悉那地方的氛圍，也能寫得最好。

東山：我也很這樣覺得，你真的非常熟悉。

李維：畢竟經過了漫長的歷程嘛（笑）。

東山：這本書收錄的標題同名作〈模範鄉〉，以及其後收錄的〈傳教士學校五十年史〉、〈Going Native〉讀了之後，都讓我覺得這正是致力與跳脫東方主義的旅程及探索。光是〈模範鄉〉這篇作品，便已寫出了一個精神的開端以及高度，其後〈傳教士學校五十年史〉所提出的，做為白人進入東洋世界的相關問題，在〈Going Native〉中又得到了回收。

〈模範鄉〉中，因喪失家庭與故鄉而產生認同搖擺，導致自我不穩定的李維英雄回到臺灣，站在自己曾生活過的地點時，形成了某種感慨；但最後寫到原住民的家，把這種感慨又從根本上進行了翻轉。自己此前是如此執著於「家」這個東西，但原住民們卻是只要家長一過世，就會把家拆掉，搬到別的地方住。我讀〈模範鄉〉時，覺得李維你把一直糾纏著自己的事物，在最後成功進行了相對化與客觀化。

李維：很開心你讀得那麼仔細。其實對我而言的臺灣，一直都分成政治的維度與文學的維度。在政治維度上，我一直把臺灣做為外省人與本省人互相鬥爭的地點看待，但津島佑子卻是把臺灣的原住民納入了現代日本文學的問題意識中。在那之後，我和夏曼・藍波安這位達悟族作家辦座談會，也見到了瓦歷斯・諾幹這位泰雅族作家，才理解到臺灣本來住的既不是清朝漢族，也不是國民黨漢族，本來是原住民的帝國。於是，在文學維度上我才明白，在臺灣度過童年時光的我的那種「不知道認同在何處」的迷惘，其實不過是近代國家間的問題，我因此而受到了解放。〈模範鄉〉以森林場景作結，那森林中既沒有國民黨，也沒有大日本帝國，不存在戰後美國，也不存在艾森豪總統。我只覺得，若哪天大家不拆家了，小孩們肯定會感到困惑。在寫那個場景時，我才感到自己第一次真正看到了臺灣。所以你提到這個場景，真的讓我非常高興。臺灣你看或不看原住民，所看到的風景會截然不同。

東山：我沒去過美國，但美國本來也住著原住民族，他們受到忽視的情況，和臺灣原住民的狀況或許是相似的。美國曾出現過重視美國原住民的運動，而在臺灣，這種運動才剛起步。我很喜歡音樂，在臺東有很多很棒的原住民樂手，為了向我們傳達自身的孤單無助，他們有的人會用共通語言，也就是中文來唱；不過我有個朋友擔任一個雷鬼樂團的製作人，他們便是借用西方手法，以自己的原住民語來歌唱。這樣的年輕人最近有在逐漸增加。

李維：我和夏曼・藍波安談話時，他曾說：「自己必須以中文書寫。」對身為少數民族的他而言，中文這種語言以水村美苗的說法，就是某種「英語」，在「英語」支配著整個世界的現實之下，我們便不得不問，以自己的語言進行書寫究竟有什麼價值。達悟語本來便是沒有文字的語言，就算有文字，讀者也只有大約三千人。這種情況和美國原住民以及北海道的愛奴民族頗為類似，而在臺灣，在本省人與外省人的衝突之中，在臺灣到底屬不屬於中國的一部分這種主流論戰之中，「其實臺灣屬於原住民」這樣的思考便應運而生。我在臺灣確實感受到了這種意識的「現在式」。

東山：可惜的是，我並沒有讀過很多臺灣的小說，現在的臺灣文學有什麼樣的動態，有多少作家試圖摸索新的認同，嘗試著什麼樣的表現形式，我都孤陋寡聞，不太清楚。

李維：我也完全不知道臺灣文學現在發生了什麼樣的變化，只是書寫自己主觀體驗中的臺灣而已。不過我想，以往像這樣從外面書寫臺灣的人，應該不多吧。今後以臺灣為題材寫作的人，可能不見得得侷限於在臺灣生活的臺灣人。今後會如何發展我也不清楚，但若去思考臺灣這塊土地的意義，或許便會產生新的可能性。

對父親的反叛、來自父親的援助

編輯部：兩位作家的父親也都從事文學相關工作，不知道這有沒有產生什麼影響？

李維：我父親是中國文學學者。

東山：這樣啊。

李維：他是親國民黨一派的，到臺灣去研究中國古典文學。所以我十六歲第一次來到日本時，也是出於對父親的叛逆情感，立刻便擁抱了日本文化，背後當然也有對過度重視中國而輕忽日本的這種西洋式亞洲史觀的反彈。另一方面也是因為我出生時，便被取了個日文名字。後來我成為日語作家，一九九〇年代第一次前往中國大陸時，不禁陷入思考：回頭想來，在我年輕的時候，談起「中國」指的只有臺灣和香港。對資本主義陣營的人而言，其實幾乎無法體驗到實際的中國。我覺得自己彷彿受了騙，那種反動使我開始書寫我所看到的中國。

東山：我在國中、高中、大學階段和父親是斷絕的，不過後來我在東京當了上班族之後，問我父母我能不能辭職去唸研究所，那時母親反對說：「憑你那種不堅定的心志，研究所也念不下去，根本是逃避現實」，但父親卻告訴我，逃避又有什麼關係，他鼓勵我逃跑。不過我真正逃跑之後才發現，逃跑也是很辛苦的，必須要拚命的逃，否則立刻就會被現實追上，狀況會變得更糟。這是實際逃跑之後才能了解的道理。

其實《流》開頭的那首詩是我父親寫的，他在臺灣也出過幾本書，原本來日本便是為了研究中國的文學與宗教。當時中國的書無法進口臺灣，臺灣護照也去不了大陸，但在日本就可以用原文或翻譯來閱讀那些書。我們一家是外省人，祖先曾經歷過抗日戰爭，所以來到臺灣之後，對日本的看法也和本省人有所不同，許多本省人都很懷念日治時代。我的外省人祖先其實是反對父親來日本的，曾說就算是為了研究，也沒必要去日本。

現在臺灣的作家頗為不幸的是，近在咫尺的日本作家數量比臺灣多上許多，日文作品以非常快的速度翻譯出版，擺在臺灣的書店裡。就連在日本，書都要能再版才能勉強讓作家維生，而人口只有兩千三百萬的臺灣翻譯書籍如此之多，作家實在沒有維生的餘地。最近我常常往來臺日兩地，會見到臺灣出版社的員工，時常思考著究竟要怎麼做，才能讓臺灣作家寫自己想寫的作品來維生。若寫作無法維生，大家就只能不斷模仿日本推理小說風格，或是日本暢銷作家的文體，而沒辦法寫自己真正想寫的書。特別是像剛剛提到的少數民族，或是原住民作家，會對這些作品有興趣、願意花錢購買的人便更少了，想透過書籍來表達意見，比起音樂要難上許多。

李維：日本純文學作家有許多都會去當大學教授，包括我也是。都有個詞叫「逆漱石（註18）」了（笑）。

18　夏目漱石曾辭去所有教職專心寫作，「逆漱石」指與夏目漱石相反之意。

向外國人表達方言差異的困難之處

李維：《流》裡面寫到那些流氓男子講臺灣國語，我覺得這也相當有趣。我在中國旅行時，從北京附近到黃河一帶，那些中文我都聽得懂，自己也會講，但到臺灣去時，會覺得他們講的中文我聽不太習慣。你試圖用日語表達這種差異，頗有意思，你把「おれ（我）」寫成「おえ（偶）」，藉以用日文的平假名表達臺灣國語腔調，讓讀者隱約了解這些登場人物講的不是標準的語言。這其實是相當困難的功夫，書寫異文化的困難之一，便是如何書寫方言的問題。這其實是誰也無法解決的問題。

東山：在描寫臺灣的城鎮時，我便想著要試圖傳達那種喧噪的氛圍。英文裡，光憑文章便要區分美式英文、英式英文和澳洲英文，應該也頗為困難？

李維：這期間的差異，美國人和英國人立刻就能理解，但要讓日本人了解卻相當困難。《流》若是用中文寫成的，裡面的臺灣腔，中國人應該立刻就能了解，但你卻是下功夫想讓日文讀者理解，次元又高了一層。某種程度上你克服了對外國人傳達方言差異這個難題，這令人相當佩服。

東山：我也不知道自己是否成功。

李維：比起成不成功，這種挑戰本身便是對異文化的書寫。書寫異文化，其實並不是寫那個國家的標準話就好了，若沒注意到方言或腔調差異，等於沒寫出那種異文化的現實。講到異文化，比如說軍中的對話採取戰前日軍風格的「きさまは（你各位啊）」這種腔調，對日文讀者而言大概立刻就能理解。大日本帝國對臺灣的影響之一，那種時代的錯誤性以聲音的形式傳達了出來（笑）。所以我讀了《流》，覺得這是對語言越境的一種嘗試。我之所以對這問題感興趣，是因為我能感受到作者雖身處內部，卻試圖從外圍來進行表達，不只傳遞了具體資訊與故事，在語言的層面上也費了心。我覺得這就是一種 exophony，也就是離開母語的狀態。

東山：沒有啦，我只是想著要用標音和平假名，試圖傳達自己曾親耳聽過的那種臺式中文的發音而已。

我想問李維你的是，假如有美國出版社說想讓人把你的書翻成英文出版，你會如何回答？

李維：其實《聽不到星條旗的房間》已經有英文版了。

東山：是自己翻的？

李維：不是，是一個年輕日本學者翻的，從哥倫比亞大學出版社出版，似乎有數間大學用作日本文學課堂的教科書。以前《新聞週刊》曾邀請我自己把自己的作品翻成英文，我試了試，翻得爛透了（笑）。

東山：你曾經翻譯過自己的作品？

李維：是，當時我打過一個比方：「像個醫生對自己的身體動手術。」當我讀到其他美國人翻譯的我的書時，我也有些困惑，若這是翻成中文或德文，大概不會有這種感受。與自己相同母語的人把我的作品翻成漂亮的英文，我至今尚未完全從這種曲折體驗帶來的衝擊中恢復（笑）。不過，雖然作品是自己寫的，並不代表自己就有辦法翻成英文。用英文書寫時，我是完全進入英文世界裡的，而用日文書寫時，我是真的徹底成為了一個日語人——這是借用川村湊的話——，所以就算有人要我從中抽離，把那作品翻成另一種語言，就算那是自己的母語，也並不容易。直到現在我仍不明白，當初那究竟是種什麼樣的體驗。

東山：我對這話題滿有興趣的，因為也常會有人對我說，自己的作品自己翻成中文就好了嘛。但以我的中文辭彙量是辦不到的，對我來講，要用中文書寫和閱讀真的很累人。但像你這樣能自在運用英文的人也會覺得辛苦，這我是第一次知道。

李維：多和田葉子有時會先用德文書寫，再把那篇小說重新寫成日文，我覺得這應該不是翻譯，而是「用日文重新寫一次」的感覺。這才是真正的雙語者。雖然像她這種例子也是有的，不過從以前就有句話說：「翻譯家是叛徒」，我想我是不想背叛自己的作品。

你提到你的中文程度是日常生活水準，我覺得這滿有趣的。我的中文還不到那個水準，所以在北京、南京演講，或是和大陸作家對談時，我會講日語，再請人口譯。不過這也是因為我不想學習知識份子的中文。我的日文現在已經有了知識份子的氛圍，同樣的事我不想再做一次，中文還是維持在普通人的語言就好。我覺得這件事意外地滿重要的。

東山：或許中文比日文還更重要，因為知識份子寫的中文，就算是白話文，格調也是全然不同，日常對話也理所當然地用上許多成語典故，接收訊息的一方知不知道那些典故，會對理解深度造成很大的影響。在辭彙的選擇上，差距相當大。

李維：我最佩服的，也有過一些交流的中國作家是莫言和閻連科，兩人都是農民出身。農民的世界是從那種不背誦四千年來的經典就完全無法發言的教育體系中得到解放的。相較之下，亡命作家高行健是北京的知識份子，他的作品我就難以閱讀。都會知識階層的人所使用的中文，我當然並未習得。剛才你說自己的中文是日常生活水準，我覺得這對作家而言還滿重要的……

東山：我也覺得。我的中文一直停留在小時候的程度，就算長大後想再學習，辭彙增加量大概也只有小孩吸收速度的百分之一，所以現在仍只會日常生活的辭彙。小時候我聽到臺灣腔的中文，或是純粹的臺語，覺得很時髦酷炫，有種街頭風，讓我還滿憧憬的。在我們的時代，學校教育是禁用臺語的，課堂當然是用中文進行，朋友之間談話也是中文。不過離開學校之後，臺灣人小孩彼此之間就講臺語，跟我說話時也會用帶有臺灣腔的中文，那聽起來很堅韌、很帥氣。如果我一直待在臺灣長大，大概也會到處遊玩、入伍當兵，然後學會臺語。缺少了這些過程，說起來還滿可惜的。

不過，臺灣並沒有區分講中文的土地跟講臺語的土地，不管到哪裡語言都是互相混雜的。所以臺灣的電視劇或電影，登場人物平時是講中文，但情緒一激昂起來就會開始講臺語。

李維：中國的鄉村也是一樣，學校教學時使用的是公用的普通話，但一旦情緒激昂，普通話就不見了。本來，臺灣的「國語」和大陸的「普通話」做為官方語言，都是支配者為了統一使用各種口語的地區，而制定的語言。

面對歷史，書寫現代

東山：如果李維你到那些漢族被討厭的新疆或西部地區，會看到什麼，又會感覺到什麼，我覺得我滿有興趣讀讀看的。

李維：其實我還滿常去西部地區的，過了某個界線之後中文就不通了，可以從語言的層次上感受到，自己真的來到了西部邊陲。這些地區和以政治方式創造出來的領域，又有所不同。關於西部地區的體驗，我現在還在書寫的途中。在中國大陸旅行久了，就會漸漸想往西邊移動，因為中國也在不斷地現代化，大家都變得只會談錢，若想要追尋不同的體驗就必須從現代化逃離，也就是往西部移動。

中國現代化的速度真的相當驚人。常有的一種說法是，日本花了一百年才做到的事，中國想用二、三十年就把它完成。我在六年前看到的河南省農產品市場，每天會有兩萬個農民造訪，隔天又是不同的兩萬人前來。我曾在自己的非虛構作品中把這稱作是「歌舞伎町×五十倍」。我想著有天我要好好書寫這個地方，所以兩年後又去了一次，那時農民已經都被趕出去，市場不見了，市民都開著高級外國轎車。這和田中角榮執政以後的七〇年代日本發生的事大概是相同的，在那之前，日本還留有某些領域保存著獨自的文化，就像川端康成寫的那樣，從東京搭乘列車前往，就能和那些地方發生關聯。安部公房《沙丘之女》也是這樣的。這種場景在七〇年代告終，近代文學的一種寫法便消失了。所以我九〇年代前往大陸之後，覺得自己終於找到一個地方，可以親身體驗那些日本近代文學主流作家所有過的經驗，因而相當開心。但這在短時間內便被破壞殆盡了，想抵抗現代化，是注定要打敗仗的。我在日本已經經歷過一次，現在在中國又經歷著同樣的事。所以我滿困惑的，最後我該去哪裡（笑）。

東山：我也想試著書寫中國大陸，但大概不會是像原先構想的那種一九三〇年代的男性群像劇形式。說不定會採取來回往返於現代和過去的寫法。

李維：我想也是，在《流》之後的作品，肯定會採取這種寫法。由於全世界都在現代化，我想文學面對現代化的解決方式之一，便是我剛才所說的，讓歷史與歷史對峙。也就是把大陸的歷史搬過來，用以書寫臺灣。

東山：如果我想書寫李維你剛才所談到的感受經驗，大概會是一個在臺灣出生、居住在日本的主角，為了尋根而前往中國，看到當地迅速現代化而感到迷惘的故事。花上好幾年多次前往中國，感覺到自己似乎抓到了什麼的時候，突然又看不見了……說不定寫起來會有點像私小說。

李維：我覺得若真的要認真寫小說，最後都是一種對於定義現代的嘗試，不管是娛樂文學或純文學，在讓讀者注意到現代人此前沒注意過的世界這一點上，道理是相通的。比如說就算是以一九三〇年的中國做為舞臺，展現的仍是現代的觀點。

我自己在這次《模範鄉》這本作品裡，很注重與現代的連結。透過對賽珍珠的評論所呈現的，中國的現實是否只有中華民族能寫這樣一個問題，我也想把它做為白人書寫亞洲的可能性這樣一個二十一世紀的問題，來重新進行思考。比如說亡命作家哈金，他剛到美國去的時候寫的都是中國，但最近則是做為所謂華裔移民來書寫美國的現在。也就是說，在人種、語言、文學的固定組合遭到解體並重組的時代即將到來的時刻，或許才會有希望。所以現在，以日文書寫臺灣的時期正在到來也說不定。

（二〇一六年一月二十二日於神保町）

整理撰稿：《昴》編輯部

李維英雄（Ian Hideo Levy）

作家。一九五〇年十一月二十九日生於美國加州。八二年翻譯《萬葉集》獲全美國家圖書獎，九二年以《聽不到星條旗的房間》獲野間文藝新人獎，二〇〇五年以《千千碎片》獲大佛次郎獎，〇九年《假水》獲伊藤整文學獎。一七年《模範鄉》獲讀賣文學獎。著有《天安門》、《前往大陸——以日文書寫美國與中國的現在》等。

後記

本書收錄的散文，以二〇一六年四月到一九年六月於西日本新聞連載的〈東山彰良的徒搖草〉，以及二〇一六年七月到十二月於日本經濟新聞晚報連載的〈海濱大道〉為主，並多收錄了幾篇雜文，但數量並不多。

這些散文只是書寫日常雜感，本來並沒有一個特定的主題，然而要編成一本書自然必須有書名，經責任編輯提議後，決定把書名取為《越境》。他把所有散文打散之後，再以自己的分類重新建構，於是此前連我自己也沒注意到的或可稱為主題的東西，便隱約地浮現了出來。而這主題的確算是切合「越境」這個關鍵詞。

我從年輕時，便對「越境」抱持著憧憬。不只是越境的行為，還包括這個詞所帶有的某種哀愁聲響（宛如暮蟬哀鳴），以及其殺氣騰騰的意象，都相當吸引我。二十歲左右時，我曾獨自旅行馬來半島，有天我從吉隆坡巴士總站搭乘長距離巴士，一路往南，這是為了前往導覽書上介紹的美麗島嶼。我搭乘的巴士喇叭大鳴大放，在公路上疾馳電掣，窗外不斷吹進熱風，風裡帶著人類的體臭。收音機播放著祈禱般的異國歌謠，後照鏡掛著各式色彩繽紛的護身符。巴士持續急速狂奔，然後便在未知的地點拋錨，停了下來。在另一臺巴士前來接我們之前，我們只能四處一邊閒晃，一邊對陌生人擺手點頭。我回到故障的巴士座椅上，頭倚在骯髒的車窗略為小睡了一會。真的沒其他事可做。我現在已經想不起當時睜開眼時看到了什麼樣的景象，我感覺我透過塵埃密布的車窗看到了燃燒般的夕陽，也感覺我是在低垂的夜幕之中，恍惚地靜靜望著天空墜下的雨點洗刷著窗玻璃。

現在回想起來，我的旅行經歷便是那種瞬間的積累疊加。我想，或許世間存在的所有旅行的本質都是相似的，說到頭其實哪裡也去不了，就像花上漫長歲月織就一塊排滿歪曲紋路的，美麗而無用的布塊。但那布塊的確說中了我這個人的某些部分，彷彿來自神祇的聲音，他人決計無法聽聞，卻不斷在我體內堅定而持續地鳴響：上前來吧，再近一點，跨越彼處之後，必能聽得更加清楚。

無論小說或散文，我之所以持續書寫，或許便是為了傾聽那股聲音。越境的意思，大概便是「跨越境界線」，而這並不僅限於國界，我們周遭充斥著許多的境界線。首次寫小說時，我便跨越了一條境界線。希望這本散文集，能成為你跨越境界線的某種契機。跨越之後，或許是一片什麼都沒有的荒蕪風景，也或許會遇到比現在更糟糕的處境，但不試圖跨越，便什麼也說不準。

散文之為物，便彷彿是巴士車窗外流逝而過的風景，若不以堅定意志試圖捕捉，轉眼之間便消逝無蹤，一去不回。我的這些散文真的是運氣好，多虧了從法國回國的過往的責任編輯又再次聯絡我，它們才能找到自己的容身之處。姑且讓我大言不慚地在此說句話吧：所謂越境，說到底，或許便是衝破自身硬殼的一種嘗試。

二〇一九年夏　東山彰良

逆思流

越境

（原名：ユエジン）

作者／東山彰良　譯者／李琴峰
原書封面設計／菊地信義　封面相片／高橋美保
發行人／黃鎮隆　副總經理／陳君平
副理／洪琇菁　國際版權／黃令歡
執行編輯／呂尚燁　美術主編／方品舒
企劃宣傳／邱小祐
發行／英屬蓋曼群島商家庭傳媒股份有限公司城邦分公司　尖端出版
台北市中山區民生東路二段一四一號十樓
電話：（〇二）二五〇〇—七六〇〇（代表號）
傳真：（〇二）二五〇〇—一九七九
中彰投以北經銷（含宜花東）／楨彥有限公司
電話：（〇二）八九一九—三三六九
傳真：（〇二）八九一四—五五二四
雲嘉經銷／威信圖書有限公司　嘉義公司
電話：（〇五）二三三—三八五二
傳真：（〇五）二三三—三八六三
南部經銷／威信圖書有限公司　高雄公司
客服專線：〇八〇〇—〇二八—〇二八
電話：（〇七）三七三—〇〇七九
傳真：（〇七）三七三—〇〇八七
香港總經銷／城邦（香港）出版集團有限公司
香港灣仔駱克道193號東超商業中心1樓
電話：（八五二）二五〇八—六二三一
傳真：（八五二）二五七八—九三三七
E-mail：hkcite@biznetvigator.com
馬新經銷／城邦（馬新）出版集團Cite(M)Sdn.Bhd.
E-mail：Cite@cite.com.my
法律顧問／王子文律師　元禾法律事務所
台北市羅斯福路三段三十七號十五樓
二〇二〇年十月一版一刷

■中文版■

郵購注意事項：
1. 填妥劃撥單資料：帳號：50003021戶名：英屬蓋曼群島商家庭傳媒(股)公司城邦分公司。2. 通信欄內註明訂購書名與冊數。3. 劃撥金額低於500元，請加附掛號郵資50元。如劃撥日起 10～14日，仍未收到書時，請洽劃撥組。劃撥專線TEL：(03) 312-4212 ・ FAX：(03) 322-4621。E-mail：marketing@spp.com.tw

國家圖書館出版品預行編目資料

越境 / 東山彰良著 ;
李琴峰 譯.--1版. --臺北市：尖端出版, 2020.10
面 ; 公分.--(逆思流)
譯自:越境
ISBN 978-957-10-9086-3(平裝)

861.57　　109010378